鑄劍師

SWORDSMITH

DIV ——— 著

HIROSHI 寬 ——— 繪圖

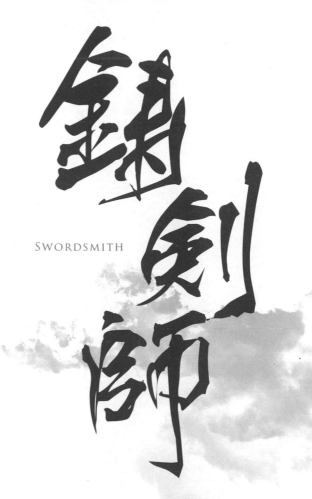

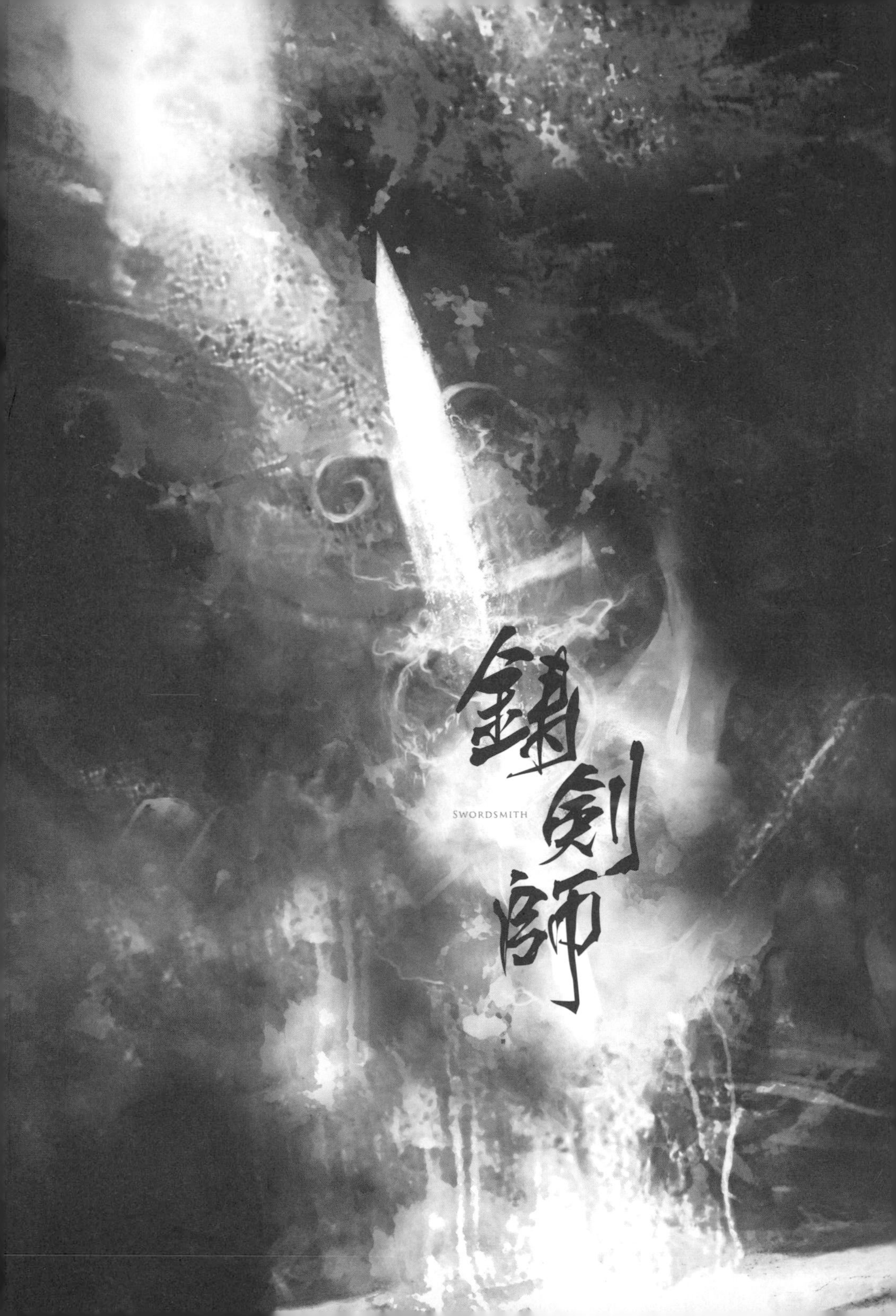
鑄劍師
SWORDSMITH

自序

十年。

這故事，事實上是受到我一部作品《雙劍傳說》所啟發，而開始構思的，但沒想到過了十年，整整十年，我才把這本《鑄劍師》完成。

也幸好，我把它完成了。

當時，當《雙劍傳說》完稿，腦海就自動想寫另一個兵器的故事，曾想過矛，弓箭，還買了一本冷兵器譜來研究，但總覺得少了什麼，因為回顧中國古老的冷兵器，似乎沒有一種兵器比得上「劍」更富故事性，更能吸引我。

後來想想，原因其實很簡單，其實在戰場上的各類兵器中，劍絕對不算強勢，斧頭能砍能劈，刀揮舞速度更勝於劍，長矛可刺馬，弓箭則是遠距離的霸者，那劍呢？中國人最愛的劍呢？它本身不夠強，沒有太大特色，但它能成為中國古武術的代表，原因是什麼？

因為，劍的使用，和「人」非常有關係。

會用劍者，多半是對武學有獨到見解者，而且必須是人與劍完美融合後，才能展現傲視武林的功夫。

換言之，中國人把武器的想法，對生命的道理，甚至是對哲學的思考，都放在劍裡頭了。

為此，我放棄了其他兵器的想法，繼續以劍為名，寫下了《鑄劍師》。

而且，這次的主角不是拿劍的英雄，而是躲在英雄背後，被熊熊火焰燙著，拿著鎚子猛鎚，做著苦功，默默無名的鑄劍師。

而選擇以專諸為開頭，則是「魚腸」這柄劍，在中國黑暗且輝煌的暗殺史中，還有哪柄劍像魚腸這麼充滿了傳奇性？小如魚腸，藏於魚腹，刺客化身侍者，一步步走過上百豪壯守衛士兵，然後在帝王前，取出了這柄劍。

「此劍名為魚腸，來取你的性命。」專諸拔劍時，究竟下了多少決心？如何走過這些士兵而不腳步虛浮？光想像就讓人全身戰慄。

只是以春秋戰國的鑄劍師為背景，仍有一道門檻需要跨過，那就是對文字的要求，以往寫現代小說，因為文字使用與自身環境接近，所以難度相對低，但要寫過去的故事，文字本身，就是一個門檻。

這也許才是它拖了十年才完成的原因，現在的自己，也許文字沒辦法像古人那樣精粹，但這十年幾乎不停止的運筆，我相信，我的文字配上我的故事，會呈現另一種風貌，也期待你喜歡這樣的Div。

永不停止挑戰的Div，縱然這挑戰花了我十年準備，但總算跨過去了，接下來，我又可以繼續找更有趣的挑戰了。

廢話寫到這裡，先打住，繼續彙報一下我的人生狀況。

第二隻處女座的小鬼，已經九個月囉，男生真不愧是男生，小小的身軀裡面藏著完全不對稱的力量，竟然可以單手把冰箱門扳開，然後，比他姊早了整整三個月就扶著桌腳站起來，不過最好笑的是，他哭起來嘴巴是方形的，那些搞笑漫畫畫的哭小孩，果然沒有騙人。

而他姊姊呢？已經準備要念幼稚園中班了，她是一個心很軟的孩子，數學好像比中文好一點，完全違背了我當年希望女生不要念理工的期望。（自己念理工，總覺得女生念理工太辛苦，但誰知道小孩會怎麼走？）

為人父母，真的不是件容易的事，偶然會想起一句歌詞，這句歌詞真的道盡我們生兒育女的心情，那就是……

「我們用多一點點的辛苦，換多一點點的幸福。」

當辛苦多一點點，幸福，也就多了那麼一點點，不是嗎？

Div

第一劍，子之劍。

五年而楚平王卒。初，平王所奪太子建秦女生子軫，及平王卒，軫竟立為後，是為昭王。吳王僚因楚喪，使二公子將兵往襲楚。楚發兵絕吳兵之後，不得歸。吳國內空，而公子光乃令專諸襲刺吳王僚而自立，是為吳王闔廬。闔廬既立，得志，乃召伍員以為行人，而與謀國事。

史記・伍子胥列傳第六

月光下，山溪旁的小屋，透出熊熊紅光。

鏘！鏘！鏘！鏘！

我舉著鐵鎚，一下接著一下，鎚著我手上的這塊頑鐵，直到它逐漸成形，兩旁剛直銳利的是劍刃，中央如水紋柔滑的是劍紋，而劍鋒，這象徵著劍靈魂的劍鋒，也逐漸在鐵片的尖端，一點一滴的凝聚出來。

一把劍，正在誕生。

只是，突然，我停下了動作，皺眉。

「來者，何人？」

「好聽力。」屋外，傳來一個清朗的聲音。「我從遠處聽到打鐵聲，原本不以為意，沒想到越聽越是著迷，這聲音雄壯且勻實，如崩天巨鼓，如空谷清雷，讓我忍不住尋聲而來。」

「哼。」

「閣下可是那位名動京師的鑄劍師？」男子推門而入，一副書生模樣，一雙歷練老成的眼神，在黑夜射出勃勃英氣。

「善者不來，來者不善。」我冷笑。「你到此荒山野地尋我，又有何目的？」

「我來求劍。」

「求什麼劍？」我搖頭。「看閣下模樣和氣度，不是王家之後，就是一方之霸，肯定身懷絕世武功，如此之人，為何要求一把鄉下匹夫的劍？」

「那把劍，不是給我的，是給這人的。」書生往旁橫移一步，月光下，站著一名男子。

看見這男子，我倒是訝異了。

這男子的相貌平凡，身材中等，眼神在月光下略顯溫柔，一副普通獵戶打扮，不像書生身懷武功。

但，令我訝異的是，他的存在。

我的耳朵，能聽出書生的靠近，就算書生輕功高絕，我也能憑著多年鍛劍的直覺，捕捉到每人散發的劍息。

是的，每人都像是劍，只是長短銳利與殺氣不同而已。

只是，為何我從頭到尾，都沒發現這人？

「請為這人鑄劍。」書生比著身後的男人。

「為何而鑄？」

「為了，蒼生。」

「哈。」我笑了。

「請問鑄劍師，為何而笑？」書生逼近我一步，我可以感覺到他正在凝聚身體的內力，高手，他是高手。

只是，高手，又如何？

沒人能逼我鑄劍。

「我笑，你要用劍殺人？」我說，「這種人不配談蒼生。」

「是嗎？如果我說出，我要殺的人是誰……」

「我已經知道了。」我看了書生一眼。「而且，我也知道你是誰，對吧？伍子胥。」

伍子胥。

「啊？」書生臉色巨變，只是瞬間又恢復了平靜。

「別問我怎麼猜到的，伍家被楚王所滅，所以你要聯合公子光暗殺吳王僚，奪取吳國軍權，發兵楚國，報你家仇，是嗎？」

伍子胥冷冷的笑，「厲害，鑄劍師雖隱身荒山，難得卻懂天下事啊。」

「我不懂那些狗屁倒灶的事，」我搖頭。「我只懂劍，只是人們總是拿劍去幹這些狗屁倒灶的事，於是我就知道了。」

「哼。」伍子胥表情微變。「狗屁倒灶？鑄劍師，一句話，你替不替他鑄劍？事成之後，榮華富貴，天下奇鐵，我家公子光都可以賞給你。」

「我鑄劍，向來不為榮華富貴。」我不顧伍子胥在旁嘮嘮叨叨，走到這沉默男人的面前。看著他。

用力的看著他。

「為何，看我？」平凡男人被我看得是侷促不安。

「你叫什麼名字？」

「他叫，」伍子胥在一旁答話。「專諸。」

「我沒問你，伍子胥。」我眼睛仍看著，這名叫做專諸的平凡男人。「專諸，你知道吳王僚，被喻為百年難得一見的武學奇才嗎？」

伍子胥又搶著講話。「我們當然知道，所以才需要你鑄奇劍，據說你曾打造——」

「住口！」我氣提丹田，喝住了伍子胥。「我在問專諸。」

專諸看著我，許久，終於開口了。

「我知道。」

「你雙親尚在嗎？」我問。

「父親早已仙去，母親於上月過世。」

「你有妻有子嗎？」我問。

「有。」

「你孩子幾歲，足以照顧你妻子嗎？」

「過了今年，孩子已經十八。」專諸說到這，輕輕吸了一口氣。「我想，他可以照顧我妻子了。」

「是嗎？」我退了一步，轉頭看向伍子胥，比出了三根指頭，「三個月。」

「三個月？」伍子胥一愣。

「我留他在這三個月。」我走到了火爐前，注視火光迷離。「然後，我替他鑄劍。」

「太好了。」伍子胥一笑，長揖到地。「我替公子光，以及吳國所有飽受吳王僚惡政之苦的蒼生，感謝你。」

「哼，」我鼻子重重噴出一口氣。「專諸，我再問你最後一個問題。」

「請說。」

「你相信什麼狗屁蒼生嗎？」

這剎那，我在專諸眼中，這個剛毅少話的男人眼中，找到一抹笑意。

「我不信。」專諸注視著我，老實說，我喜歡他眼中的笑。「可是我相信義氣，對公子光將我娘視為生母的義氣。」

「那，我沒問題了。」我轉過身，背對著眾人。「這三個月，你必須留在我身邊，才能替你鑄出最好的劍。」

「是。」專諸說，「那我該做什麼呢？」

「明天開始，」我淡淡的說，「我們烤魚吧。」

吳王僚這人，我曾經見過兩次面，一次是他來找我，另一次則是我去找他。兩次的目的都是一樣。

都是，為了劍。

第一次他來找我，那時他尚未登基為吳王，北方強敵楚國步步進逼，吳國邊疆告急，城池一座一座失守，吳王僚身為皇族後裔，他星夜來找我。

當時的我，仍住在吳國大都之內，我親手經營的劍莊，因為打造出不少好兵器，在兵器界正逐漸嶄露頭角。

「你要求劍？」我不解。「吳國有的是皇家鑄劍師，何必來找我普通百姓？」

「我有個合理的原因，皇家鑄劍師，只能打造平凡兵器。」吳王僚劍眉鳳眼，儀態瀟灑。

「我看過你鑄的劍，你的劍韌而輕，鋒利而不傷自身，你不僅懂得鑄劍，更懂得武功。」

「過獎了。」

「也因為如此。」吳王僚嘆氣。「要解這次楚國逼近的兵災，也只能靠你了。」

「我只不過一介鑄劍師，有何能耐解決兩國相爭？」

「不。」吳王僚靠近我，動作神祕，手一揮，吳國侍衛扛著某物進來。

那物體，被一層軟布包裹著，我卻直覺地感到呼吸沉重。

裡面的東西，難道是……

「吳國荒山中，曾有人見到夜空一片通紅，紅光墜地後，發現此一奇物……」吳王僚在我耳邊輕語。「我們稱之為，隕鐵。」

「隕鐵……」我忍不住想要伸手去觸摸，要知道，鑄劍師遇見奇鐵，就如同良師遇見美徒，那種悸動與興奮，難以言明。

「我要請你熔鑄這塊鐵。」吳王僚注視著我。「然後煉出一批劍。」

「嗯，然後？」

吳王僚笑。「我們會靠著這批劍，殺敗楚國大軍，解救吳國蒼生。」

我看著吳王僚的笑容，忽然，那種多年身處劍爐，以劍識人的直覺又來了。

吳王僚也是一柄劍，但此劍太過鋒利，一旦讓他揮舞起來，恐怕會殺傷太多人。

「若此鐵真被我煉成，我有個條件。」我說。

「要酬勞，很合理。」吳王僚說，「要官要財，應有盡有。」

「我不要酬勞，」我說，「殺敗楚國大軍之後，這批劍，千萬不能朝向自己人，不能沾有半滴吳國人的血。」

「不沾半滴吳國人的血？」

「正是。」

「合理。」吳王眼神閃爍，笑了。「所以我答應你。」

「很好。」我的眼神離開了吳王僚的臉，沒有去深思吳王僚那狡猾的笑容，我只是興奮地看著那塊隕鐵。「那我來試試看，能否打造出一批能逼退楚國的神兵奇器吧！」

隕鐵，隔著布，散發濃濃的氣息。

那是不屬於現代任何一種銅器，能發出的凜冽氣息。

我感到悸動，因為我知道，這塊隕鐵，也許可以讓我成為天下第一鑄劍師。

山中，小溪旁。

「鑄劍師父，魚夠了嗎？」專諸提著手上滿滿的魚簍，看著坐在一旁的我。

我從自己的沉思中驚醒。

「不夠。」我搖頭。

「兩人食，已經足夠。」專諸不解。

「不夠。」我搖頭。「繼續捕。」

專諸沒有說什麼，聳肩，繼續蹲下身來捕魚。

這些魚，並不是用來吃的，是用來練的，而且練的不是切魚，而是劍。

一種專破吳王僚硬功的劍法。

然後，我又繼續沉入了自己的回憶中。

當年，我用盡了師父教我的鑄劍手法，配上一套武學，終於將這塊頑鐵煉化。

然後我將這隕鐵摻入普通劍材內，打造出九十八把劍。

這九十八把劍更創造出一支專屬吳王僚的前鋒軍，他們用此劍，遇鬼弒鬼，逢佛殺佛，行刺了不少楚國的重要人物。

之後夾著這股如魔鬼般的殺人氣勢，帶領氣息奄奄的吳國大破了楚國大軍，更讓上萬楚軍英魂，被埋葬在戰場之中。

只是，我實現了我的諾言，可是，吳王僚卻沒有。

他大挫楚軍後，聲勢大振，竟不顧吳國王子繼位的排行，強行奪取王位，並與另外一位繼承者公子光的父親進行激戰。

可悲的是，這九十八把劍，無論是對外敵，或是對內朝，都發揮了極可怕的功效。

吳王僚奪權成功。

吳國一夜變天。

那晚下著傾盆大雨，我懷著滿腔的悲憤，來到了吳國王宮，用我的劍柄，狠狠擊打著宮門，要吳王僚給我一個交代。

可是，當門突然開啟。

迎接我的，卻是一雙手掌。

一雙內力雄渾，能震碎大樹的雙掌。

我的劍，倉皇舉起，砍向雙掌。

可是，這雙掌卻比我的劍還要強韌，彈彎的竟然是劍。

然後，雙掌結結實實地，印在我的胸口。

「眾侍衛別出手。」雙掌的主人，聲音很熟。「這人是我的，是我吳王僚的。」

「你……」我感到胸膛血脈逆流，這掌好重。

這吳王僚，好強，好強的硬功。

「我吳王僚，練的是百年難得一見的硬功，而你是百年來難得的鑄劍師。」吳王僚笑聲刺耳。「你死在我手下，合理，合理。」

「混……混蛋。」我掙扎的要爬起。

「我的武學已經練到極致，就算是那九十八把劍也傷不了我。」吳王僚雙手再度凝聚內力，周圍的雨水一碰他的雙掌，蒸氣裊裊。「所以天下間，我怕的人只有你，因為只有你可能將那九十八把劍重鑄，重鑄成足以殺我的兵刃，而我一死天下大亂，蒼生又受苦。」

「哼。」我起身，雨落在我身上，我覺得好溼好冷，也好絕望。

我不是早就看破吳王僚的為人嗎？為什麼我還傻傻的立下誓約？

為什麼？

因為貪嗎？

我貪的是天下第一鑄劍師的名號，我貪的是一塊能打造出奇兵的隕鐵。

我貪的，忘記睜開了自己的眼睛。

「所以，為了蒼生，我殺你。」吳王僚低吼，雙手往前撲來。「實在合理啊。」

他雙掌帶出的蒸氣，在大雨中劃出兩道軌跡，直擊向我的胸口。

碎裂，我聽到自己的肋骨碎裂。

可是，同時間，我把自己的劍拋了出去。

砸向吳王僚的雙眼。

就在吳王僚驚呼的同時，我逃走了。

在大雨中，我像條戰敗的狗，逃走了。

山中，溪邊。

「回家了。」我看了看天邊的夕陽，對專諸說。

「嗯。」專諸沒多說，提著滿溢出來的魚籠，慢慢的跟在我後面。

「我們等一下要烤魚。」

「好。」

「然後要練切魚。」我說。

「好。」

「練切魚，是因為吳王僚愛吃魚。」我說，「只有這樣，你才能靠近他。」

「好。」

「還有，」我說，「我會打一把劍。」

「好。」

「劍的材料是，」我看著天邊的夕陽，那片美麗燦爛的殷紅，那顏色和當時我第一次見到奇鐵，好像好像。「當年，我藏下的最後一塊隕鐵。」

「你會用劍嗎？」我問。

那晚，我和專諸殺了一條魚，以鐵板夾住，在烤爐上翻烤。

火是一種奇妙的東西，它可以燒滅一個村莊，可以鍛鍊出一把殺人之劍，還可以烤魚。

「用過。」專諸木訥的表情，在火光下陰影明滅。

「那使幾招來瞧瞧。」我從地上撿起一根木柴，扔到他的手上，他單手抓住。

「獻醜。」專諸右手握劍，身體微沉，捏了一個劍訣。

我光看這劍訣，就知道專諸是塊煉鐵材料。

而且，還是一塊沒煉過，璞玉般的隕鐵。

只是，隕鐵沒煉，實在跟廢鐵沒兩樣。

「你這樣叫做用過劍？哼。」我冷笑，「你說你為什麼用劍？」

「保護……」專諸說了一半，住口不說，我注意到他瞧上自己胸口的一只刺繡平安符。

「保護誰？」

「我妻。」專諸說，「山中多猛獸，我為了保護她，日以繼夜的練習砍劈，才能保護她的安全。」

「你妻……」我彷彿找到了專諸眼中溫柔的來源，但隨即我又換回冷酷的嘴臉。「可笑可笑，原來你的劍只打過野獸？」

「是。」

「那就準備痛吧！」我順手撿起一根木柴，如閃電般刺了出去。

專諸劍訣已成，右手木棍一抖，畫了一大圓，試圖格開我的攻擊。

「動作太大。」我手上的木棍，急速後收，等到專諸的木棍揮舞過後，我的木棍再度挺進。

這短短的一退一進，眨眼的時間差，我的木棍，已經鑽入了專諸的懷裡。專諸胸口要害，已經在我的棍尖之下。

「如果這是劍，你已經死了。」我說。

「嗯。」

「要知道，吳王僚那身硬功，比我更強。」我搖頭。「而且，他手下的那些劍客，也都不是弱者。」

「嗯。」

「這樣，你要還去殺吳王僚？」

「是。」專諸遲疑了一下，仍點頭。「大丈夫，不過一死而已。」

「好吧。」我起身，沉默了半晌。「你並不是完全沒有機會的。」

「喔？」

「畢竟，殺人之劍和敗人之劍是不一樣的。」我嘆氣。「你現在開始要練的是殺人之劍。」

「嗯。」

「既然要練殺人之劍，那就從殺魚開始吧。」

「殺魚？」

「殺魚要剝鱗，用的是橫削劍法，要剖腹，需要凝住劍尖，要勾腸，是迴劍法，要讓火喉透入則要在魚體上切上幾刀，端的是手腕快劍的運用。」我說。「等你殺一條魚，可以殺得分毫不差，一刀以內殺得出一條好魚，你就可以……」

「殺得一手好人？」

「正是。」我苦笑。

我相信，專諸這三個月殺的魚，比他一輩子都還多。

舉凡河裡抓得到的魚，全都送進了他的手下，變成了一片一片香氣撲鼻的烤魚。

而這三個月，我則開始思考，如何鑄劍。

專諸要用什麼劍？

這劍，是不能有第二次機會的，是兵器譜上最令人忌諱的一種，絕兵。

這樣的劍，不但要瞞過吳王僚固若金湯的侍衛群，更要在一劍之內，破去吳王僚一身傲視春秋亂世[1]的硬功。

因為下一瞬，吳國侍衛群起拔劍，專諸肯定會變成一團肉泥。

劍，只有一次機會。

人，也只有一次機會。

「鑄這樣的劍，很頭疼。」我看著火爐，看著手上最後一塊殘存的隕鐵。「機會只有一次，錯過就是屍骨無存，這心情，怎麼搞得和暗戀很久的鄰村姑娘表白一樣啊。」

這三個月的期間，伍子胥和公子光總共來了三次。

第一次他們來，他們只看到專諸在反覆的切魚，烤魚，烤完一條又一條，養肥了附近山中的貓狗。

伍子胥見狀既驚且怒，反而是公子光拖了一張板凳，表情專注，看著專諸手上的烤魚。

當公子光吃了一口魚，他閉上眼睛半晌，忽然站起，來到我面前。「這魚烤得真好。」

「嗯。」我淡淡的看了專諸一眼，「還差得遠，你們等一個月後再來吧。」

「謝鑄劍師父。」公子光沒再說什麼，對我深深一鞠躬，就拉著困惑的伍子胥離開了河邊小屋。「謝謝。」

等到他們走遠，我嘆氣。

「鑄劍師父，」專諸問。「何事嘆氣？」

「我嘆氣。是因為這公子光果然是個人物！」

---

❶「春秋戰國」是後世史家為研究這兩段時期的歷史，對東周這段歷史時期的再次劃分，歷史上並不存在春秋、戰國這樣的朝代。「春秋」時期源於孔子修訂《春秋》而得名。「戰國」一名則取自於西漢劉向所編注的《戰國策》。

本文使用「春秋」、「戰國」等詞彙主要是為氣氛需要。

「是的。」專諸點頭。「若非有他，家母不會有個富足晚年可過，但是，師父又何必嘆氣？」

「我嘆氣，」我苦笑，深深的苦笑。「因為當年的吳王僚，我也認為是一個人物啊。」

公子光第二次來，是一個月後，還帶來了一個消息。

「一個月後，我將邀請吳王僚到我府上作客。」公子光一坐下，俊挺的五官，露出無比凝重。

「所以，」我撥弄著火。「你打算那時候動手？」

「這是唯一的機會。」伍子胥在一旁說，「吳王僚生性多疑，這次礙於禮數，他不得不來，不然他藏身於深宮大院中，要殺他比登天還難。」

「嗯。」我看了專諸一眼，他殺魚的動作同樣流利，但我注意到，他剁去魚頭的動作，比以往重了幾分。

甚至有一刀，稍微偏了半分。

雖然是不懼死的勇者，還是有事情放不下嗎？

「鑄劍師父，關於這次暗殺，你有什麼想法嗎？」伍子胥注視著我。「我相信，以你與吳王僚過去的恩怨，不會完全沒有準備吧。」

我沒有說話，只是走到了火爐前，夾起專諸剛烤好的魚。

「要殺吳王僚。」我把魚肉放進了自己的嘴裡，細細品嚐其中美味。「魚要好吃。」

「喔。」伍子胥和公子光何等聰明，對望一眼，「我們沒料錯，你要讓專諸的烤魚，成為這次筵席最美味的暗殺嗎？」

「嗯。」

「可是，武器呢？」公子光皺眉，「吳王僚根本不容許有人拿武器接近他的身邊啊。」

「接下來，你們就甭操心了。」我又夾了一塊魚肉。「因為，我會打造一把絕兵。」

絕兵，不但可以隱匿於魚體之內，而且一出手，就穿斷敵人和自己性命的武器。

其劍名，正是魚腸。

魚腸交給專諸的時候，我察覺到他臉上難掩的訝異，與失望。

因為，從外觀看來，他手上的那把魚腸劍，根本是塊小鐵片。

「鑄劍師父，這就是魚腸劍？」專諸詫異。「是我要暗殺吳王僚的武器？」

「是。」

「我以為，它會……更利一點。」專諸苦笑，「它看起來沒有任何的刃面啊。」

「殺人的劍，不需要利刃。」我看著專諸，「這道理，你不懂嗎？」

專諸搖頭。

「這道理你不懂，但是公子光懂。」
「啊？」
「所以公子光找到你，你就是公子光手上那把殺人之劍，你是沒有鋒的刃，沒有驚世駭俗的武學，你很平凡，甚至平凡到讓人無法察覺你的存在。」
「嗯。」專諸思考了一會，點頭。
「這樣的人，才能接近吳王僚。」
「嗯。」專諸又思考了半晌。「可是一把無刃之劍，又要如何攻破天下第一的硬功？」
「只有一個字。」我看著專諸手上的劍。
「什麼字？」
「絕。」
「絕？」專諸表情更困惑了。
我沒有即刻回答專諸，只是淡然一笑，說起了自己的故事，「二十歲前，我煉的劍每把都是鋒芒畢露，整把劍從頭到尾都是鋒利的刃，這樣的劍殺傷力強，可是卻會傷及用劍者本身，更糟的是，稍有破損就會折斷。」
「是。」專諸也不與我搶話，就這樣靜靜的傾聽。
「二十歲後，我方懂得劍體不可全部鋒利，一把劍中必須留有一塊殘缺之處，也是這處，方可避免劍易折的缺點，原來不完美才是長存之道。」
「嗯。」

「三十歲之後，我了解原來劍要強韌，無論劍鋒或劍刃只是外部，真正重要的是劍體中央的那條劍紋，劍紋的走向，可以決定劍的力道，掌握劍紋，就算鈍劍亦可殺人，從此我的劍，成為殺人利器。」

「嗯。」

「四十歲的劍，也是我遇到吳王僚之後的劍，之前的劍要殺普通人也許可以，但是要殺高手卻是差了一步。」我伸手拿起了魚腸，「我反覆思考著，那下一步是什麼？」

「是什麼？」

「藏鋒。」

「藏鋒？」

「一把要殺高手的劍，要不具劍形，要讓高手無從掌握劍鋒的位置。」我說，「劍並非無鋒，只是藏了起來，躲過高手的眼與手，就能將他殺於劍下。」

「所以魚腸是把藏鋒的劍？」

「不盡然。」我搖頭。

「咦？」專諸困惑。

「這是無鋒之劍，絕之劍。」我說。

「不懂。」專諸又搖頭了。

「藏鋒乃是殺高手的劍，而吳王僚又怎麼會是普通高手？」我說，「要殺他，得比藏鋒更高段，便是絕。」

「可是，既然無鋒，要怎麼殺人？」

「無鋒並非無鋒，既稱劍，何處不可為鋒？」

「啊？何處不可為鋒？」專諸一愣。

「但要到絕的境界，並非凡鐵可得，所以需用上隕鐵，而要殺吳王僚，也只有具備隕鐵資質的人。」我看著專諸，「所以公子光，找上了你。」

「嗯。」

「我只說，你具備成為隕鐵的資質，並不是說你已經是絕。」我把魚腸交給專諸。「現在的你和這把劍一樣，都還不夠，你還有東西沒放下，對吧？」

「我……」專諸一愣，那原本憨厚的表情，閃過一絲難掩的掙扎。

有了牽掛，就有痕跡，就是有鋒，這樣的劍，殺不了吳王僚的。

「不過，」我笑了。「沒人規定一定要殺吳王僚啊，有點牽掛才是人，別太自責。」

「我……」專諸低頭，他目光的焦點，是胸口那只刺繡的護身符。

該是他妻子在臨行前為他所繡的吧。

「回家吧。」我把魚腸劍從他手上取回，順手放在桌上。「殺人，並不是一件開心的事，不是嗎？」

而那夜，我們沒有再說話。

專諸，似乎認真的思考著我剛所說的每一句話。

殺人，並不是一件開心的事，不是嗎？

距離三個月的期限，越來越近，專諸多次拿起魚腸劍，揮舞幾下之後，又頹然放下。

甚至他拿魚腸劍來剖魚殺魚，也都不甚順手。

我知道，那晚的談話對他起了影響，抑或說，我點出了他內心的最後一個疙瘩。

要殺吳王僚，不僅要藏鋒，更要夠絕。

做不到斷絕一切的人，又何來必死決心殺人。

專諸，你是個溫柔的人，不該是個殺手。

這幾天，公子光和伍子胥又來看了專諸一次，這次，他們也察覺到了情況不對。

專諸沒有殺氣。

就像是一位臨上戰場的英雄，忽然失去了橫掃千軍的氣勢。

「專諸怎麼了？」伍子胥問我。

我聳肩。

而一旁的公子光卻沒說話，從頭到尾都鎖著眉頭，沒說話。

如此沉默的公子光，卻在剎那之間，陰惻惻的笑了。

這笑，竟給了我一種似曾相識的感覺。

吳王僚。

公子光，他要做什麼？

要做什麼？

不過，當我明白的時候，卻已經是整個暗殺筵席後的第二天了。

那天，專諸還是出發了。

在公子光和伍子胥兩人的護送下，專諸帶著魚腸劍，還有失去殺氣的意志，前去這場筵席。

臨走前，我拍了拍專諸的肩膀，在他耳邊低語。

「如果你自覺殺不了吳王僚，那就別勉強。」我說。「反正你的魚烤得這麼好，就當請他吃頓好魚吧。」

我轉頭，看見公子光和伍子胥兩人的表情。

凝重間，卻多了一份自信。

難道，他們認為，他們有辦法在最後一刻，激起專諸的殺氣，讓他斷絕一切，進入絕嗎？

我皺眉。

深深的皺眉。

我沒有親眼目睹專諸完成任務的過程。

暗殺結果，是從情緒沸騰的吳國百姓口中知道的。

街頭巷尾百姓們歡呼，奔跑，慶祝著吳王僚暴虐獨武政權的結束。

而他們口中共同的英雄，就是沉默少話，英勇而死的男子，專諸。

他們更將這段暗殺說得是活靈活現。

專諸化成烤魚師父，將魚端上了桌，走過如人牆般的高大侍衛，專諸神色泰然，沒展現半點驚惶。

然後，他一彎身，將手上那盤烤魚，擺到了吳王僚的面前。

烤魚之香，滋味之美，也是一絕。

經過侍衛試毒之後，吳王僚忍不住拿起筷子，插入了魚肉之中。

肥美多汁的魚體內，卻抵住了一項奇異的硬物。

「這是什麼？」吳王僚一愣。

「這是魚腸。」專諸依然沉靜。

「何來這麼硬的魚腸？」

「因為，」專諸的手在這秒鐘，以肉眼難辨的速度，插入魚肉之中，將近百日的剖魚，他的雙手已經遠超過一般的利刃。「這魚腸，是要殺你的。」

眾侍衛驚駭，紛紛拔劍。

吳王僚卻穩坐大椅，不怒反笑，「你要殺我？就憑你？天下已經沒有兵器可以傷我。」

直到魚腸全部從魚體中露出，吳王僚的表情卻稍微變了。

死亡的氣息，混著撲鼻魚香，瞬間在吳王僚鼻中凝聚。

百姓對此一細節感到不解，自恃神功無敵的吳王僚，為何在這剎那臉色驟變，有人猜，魚腸劍必定是一把極度鋒利，跟日月爭輝的寶劍，有人猜，專諸肯定有練過什麼武學招式，吳王僚知道這是自己神功的剋星。

更有人猜，這魚腸劍的鑄劍師，是唯一可破吳王僚真身的隱沒天才。

可是，這已經不重要了，因為，魚腸劍，這把來歷不明的劍，已經從專諸的手上射了出去。

劍無鋒，就是何處不可為鋒。

吳王僚怒吼，雙手狠力拍上桌面，將自己的硬功剎那逼到極致，就算傷損真元也不顧，因為吳王僚知道……

此刻，肯定是他生命中，最接近死亡的時刻。

但，這一次，吳王僚不僅接近死亡而已，他是真的擁抱了死亡。

魚腸劍，貫穿了吳王僚的胸口。

極度完美的劍，與極度完美的人，穿破了吳王僚的一身硬功。

吳王僚閉上了眼睛，斷氣前，他看到了手無寸鐵的專諸，在一眨眼內，從一個完整的人，被亂劍剁成了肉醬。

「很絕。」吳王僚捽在地上，血如噴泉般湧出。「好絕的殺手，好絕的劍，好絕的鑄劍師，好絕的……公子光。」

之後的部分，百姓們描述就少了，公子光隱藏在地下室的軍隊一湧而出，制伏了吳王僚的侍衛，然後奪回了吳國政權。

為此，吳國舉國上下歡呼，因為他們終於可以結束長達數十年四處征戰、君主好大喜功的日子，過著平靜的生活了。

當晚，我得知專諸成功的消息，隨著人潮看著京城的榜上，寫著公子光即位成闔廬的大消息。

人群中，一個男人的手，按住了我的背。

我不動聲色，懷中的殺人之劍蓄勢待發。

「鑄劍師父，借一步說話。」那人語氣中，並無任何惡意。

「有事這裡說，」我笑。我可沒傻到要和你在荒郊野外進行殊死戰。「反正這裡人多嘴雜，幾句話沒人會聽到的。」

「專諸要我給你幾句話。」

「喔？」

「吾妻已死，了無生意，故成絕劍。」男人的聲音雖然混在一大片喧鬧的人群中，卻意外的讓我感到一陣心痛。

專諸放不下的，不正是他的妻子嗎？

「為什麼他妻子會死？」

「為蒼生大義，以身殉國。」男人說。「伍子胥是這樣和專諸說的。」

「狗屁蒼生，真他媽的狗屁蒼生。」我閉上眼睛，忽然想起公子光那陰惻的笑，那和吳王僚幾分神似的笑。

你們果然是親戚啊。

到最後，你們還是將專諸逼上了絕，你們何嘗不是鑄劍師，只是我鑄的是劍，而你們鑄的是人。

「最後，專諸還留了另一句話給你。」

「喔？」

「他說，」男人微微一頓，「若能回來，只願替師父再烤一條魚。」

「哈，哈哈哈哈。」

我笑了，眼角含著淚水，大笑起來。

「最後，鑄劍師，這是我自己給你的忠告。」男人握住了我的手。「公子光和伍子胥不會容許一個能殺吳王僚的人留在世上，因為他們無法擔保自己不是下一個吳王僚。」

「嗯。」

「此刻你們吳國雖然正在慶祝即將來臨的和平，但我知道，數年內，公子光必定再發動戰爭。」

「喔？對於吳國，你用『你們』？所以你不是吳國人？你究竟是誰？」

「我，只不過是另外一個求劍者。」

「求劍？你要求什麼劍。」我皺眉。

「我要求一把為天下黎民百姓謀福的劍。」男人的笑，如此霸氣。

「是嗎？」我斜眼看他。

「我乃越國人，姓范名蠡。」男人的笑容中有睿智與野心，「我要求一把濟世之劍。」

「狗屁。」我看著他，這一瞬，我彷彿見到了三個月前那個深夜的晚上，我所見到的伍子胥。

又一個，又一個要把天下搞到天翻地覆的人物來了。

然後，我笑了。

這個春秋戰國，還真他媽的不寂寞啊。

真他媽的不寂寞啊！

第二劍，丑之劍。

嬰孩的護身之劍，只有一種，即是母親。

鏘！鏘！鏘！

她穿著一襲水藍長衣，衣著華貴，來到我的店，我抬頭，注意到她懷中那未滿一歲，稚嫩的男嬰。

「何事？」我重新低頭，舉起我手上的小鎚，鎚在石砧上的那塊鐵片上。

鐵片火花激飛，正逐漸朝它宿命，「一柄劍」的方向前進。

「我來邀劍。」那女子語調溫柔，配上雍容外貌，的確是一名美女。

「邀劍?京城以內，不乏賣劍名店，北方甘家，南方武家，名劍輩出，何必要來找我這個偏僻鄉下的老鐵匠？」我搖頭，繼續一鎚，火花再濺。

「老鐵匠？您太謙虛了，我不知道透過多少關係，才找到您的所在，您深居山林，隱藏一身鑄劍絕技……」

「哼，誰說的？」我的這一鎚，下得猛烈，剛好斷了此女子的聲音。

「告訴我的人，不准我透露他的姓名，但您老別擔心，我來邀劍，並非要一柄殺人之劍。」女子說到這，微微一頓，眼神溫柔的看向懷裡的男孩。「我要替我的小孩邀劍。」

這男孩只有一歲，睜著一雙大眼睛，身處在炎熱的鑄劍爐旁，浸淫在滿是凌厲劍氣的劍寮內，卻完全不懼，大眼睛骨溜骨溜的轉著。

由此看來，這男孩也是生於這個亂世，屬於這個亂世的。

「替這男孩邀劍？」

「是。」那女子纖細的手，撥了撥男孩額際的捲髮。「我要一柄『定越』。」

「『定越』？」我先是一愣，然後眉頭微微皺了起來。

『定越』，嚴格說起來，並不算劍。

它是一種護身符。

在這個各國間彼此征戰的亂世，小孩要平安長大並不容易，許多孩子都沒有活過三歲就夭折了，有時候是疾病，有時候是營養不良，更多的，是原因不明的猝死。

這些猝死，人們無法給予解釋，於是說，這是鬼魂作祟。

鬼魂來自哪？人們直覺的會想到，最擅長以各種奇詭幽幻戰術著稱的國家，越國。

越，地處西蠻，森林密佈，蛇虺蚊蚋，鬼魅魍魎，每個發兵到越國的國家，都將此地視為恐怖長征。

於是，那作祟的鬼魂，自然被與越國聯想在一起，而要保護小孩成長的護身符，則被取名為『定越』。

『定越』，形態似劍，約莫拳頭大小，材質從金、玉，到鐵都有，佩掛於嬰孩身上，此劍象徵防禦之刃，能逼退來自各方的鬼魂。

這美麗女子的一句『定越』，讓我腦海閃過無數念頭，而同時間那女子又繼續說了。

「是的，『定越』。」女子看著我，眼神殷切。「請您替他打造一支『定越』。」

「我是鑄劍師，不是廟宇，不會打『定越』。」我搖頭，「更何況……」

「更何況什麼？」

「更何況，」我看了那小孩一眼，「這小孩手足粗壯，眼睛靈活有神，再從夫人妳的服飾判斷，妳是富貴之家，這樣的小孩，不會夭折的。」

「不。」女子搖頭，用力的搖頭。「師父，您誤會了。」

「其實，在這個男孩之前，我已經有兩個孩子夭折了。」女子語氣哀傷。「他上面的兩個哥哥，都沒活過一歲半，最近一入夜，這孩子更莫名的啼哭，和他兩個哥哥一樣。」

「莫名的啼哭？」我伸出了手，這剛握過大鎚的手，依然帶著濃烈的溫度，摸了摸小孩的肚子。

小孩夜半啼哭，多半是腸胃不順，鼓氣於腹，造成刀割般劇痛，這是一個我熟識的醫者所言。

只是我一摸小孩的肚子，卻是柔軟輕鬆，沒有半點氣脹跡象。

「鑄劍師，您也明醫道？」女子一見我的手勢，露出驚喜表情。

「不明。」我搖頭，倒是那小孩對我執握鐵鎚，又粗又老的手感到興趣，兩隻小手緊揪著，不肯放手。「更何況，我說過，我是鑄劍師，不是廟宇巫師，更不是醫者，我幫不了妳。」

「可是，可是……」那女子越說越激動，「師父，您真的要救我兒的命啊！您知道嗎？在此之前，我已經找了不下二十位醫者，國境內外能找的巫師我都找了，各種護身符都求了，連『定越』都有了五六把了，就是沒用，他開始不斷的夜啼，我好怕，我好怕他像他的兩個哥哥一樣……」

「我說過，我幫不了妳。」我搖頭，手想要抽回，但這男孩小小的手好有力，緊抓著我不放，像是遇到了心愛的玩具。

「鑄劍師父，求求你！」女子語帶哭音。「求求你！我遇到了最後一個巫師說，我小孩遇到的鬼魂太厲害，非要道行高明的『定越』才行，而打造第一的『定越』，非得高明的鑄劍師不可……」

「我說過，我是鑄劍師，我鑄的劍可以防身，可以在戰場上殺人，但我不會對付鬼神。」終於，我把手從小男孩的懷中，硬是抽了出來，同時朗聲說，「劍僮，來，送客。」

只是，在我喊出劍僮的同時，我卻觸到了小孩胸口的某個異物。

這名劍僮，這個已經跟了我三年的女孩，一聽到我的聲音，立刻輕巧的躍出，站在我和女子之間，劍僮一個送客的手勢，姿態彬彬有禮，但卻不容對方有半點異議，將女子送到了門邊。

「鑄劍師，求求您，事成之後，無論多少錢財，無論……」女子被劍僮越送越遠，最後，終於離開了我的鑄劍小屋。

「師父，已經走了。」劍僮回過身子，看著我。

而我，卻沒有回答她。

我只是愣愣的看著自己的手心，回憶著當自己把手抽離男孩身軀時，那異樣的感覺。

我摸到了什麼？那小孩的胸口上，有著一條柔軟的稜線，順著他的肌膚生長，彷彿是一道傷口，沒有流血，但已經變形隆起的稜線。

「這是劍痕啊。」我喃喃自語。「我鑄了這麼多把劍，一看就知道這是劍痕啊。」

「劍？」劍僮疑惑。

「那小孩身上，為何有被劍氣所傷的……痕跡？」我抬起頭，看著門，注視著那女子已然消失的背影。「那小孩，為何有被劍氣劃過的痕跡？」

「師父？」劍僮低問。

「早夭的兩個哥哥，以及夜半啼哭的小孩，不明的劍痕劃過肌膚，」我喃喃自語，「難道這小孩，真的有生命危險？」

「嗯？所以……」劍僮看著我。「師父，您要管？」

「……」我沒有正面回答，只是再度低下頭，舉起了鎚子。「妳知道該怎麼做。」

「是。」劍僮眼神閃過聰敏的光芒。「今晚，我就會調查出，這對母子住在哪。」

三日後。

我揹著簡單的包袱，包袱中放著些許工具，親自來到了那女子的宅邸。

宅邸大且豪奢，宅邸外掛著官徽，官徽是一頭火焰的牛，上頭一個「李」字，這是越王親近重臣的徽章，當時那女子身著華服，果然不是普通人物。

我立於宅邸之前，猶豫片刻後，握起了門上的銅環。

鏗的一聲，探門的聲音響起。

沉重的門嘎然而開，幾個粗壯家丁，兇惡的看著我。

「我來找你們夫人。」我身材比這些粗壯家丁矮了一個頭，抱著手上的包袱，神色悠然的看著他們。

「什麼事？」其中一個最年長的家丁，瞪著我。

「夫人找我替他的孩子打造……」

「孩子？我們家夫人沒有孩子！」

「啊？」我一呆，「那一歲的男孩是？」

「你找的，是二夫人吧。」那年長家丁哼了一聲，「阿狗，你帶他去小廳，然後通知二夫人。」

「二夫人，二夫人……」我眼睛瞇起，然後跟著那名為阿狗的家丁，踏入了李家大門。

一踏入李家，我的嘴角就不禁微揚。

果然是以戰功著稱的李家，一入家門，就可感受劍的氣息。

「一，二，三……」我邊走著，邊細數空氣中震盪的細微氣息，「這裡有三把劍不錯，就算被深鎖在居家，不在戰場上，也掩蓋不住劍的鋒芒。」

邊走著，我忽然發現，其中一股劍的氣息，正朝我而來。

我抬頭，一名外表俊朗，身穿武者服飾的男子，與我狹路相逢。

「阿狗，這是誰？」這男子看了我一眼，轉頭問家丁。

「找二夫人的，據說是要做『定越』。」阿狗語氣謙恭。

「『定越』？又要做『定越』？」男子朗聲一笑，然後搖了搖頭。「為人不仁，天不賜福，做幾百個『定越』都沒用的。」

「是。」阿狗不敢多說，只是低頭。

「又是一個名不見經傳的巫師，」男子把眼神移向我，露出不屑表情，「你是用了什麼花言巧語騙了二夫人，說你的『定越』有用，對吧？你們巫師只會怪力亂神，真是卑賤的職業。」

「嗯。」我沒有回答，只是看著這男子，不，應該說看他腰際的劍。

他的佩劍，該是出於南方武家的劍，劍長六吋，屬於輕劍，劍首微寬，兩端略薄，材料以中銅為主，輔以些許老鐵，此劍也許鋒利，但卻不夠平衡。

縱然鋒利，卻易折。

是好劍，但稱不上名劍。

「不敢回話啊？」那男子笑，「算了算了，快點進去吧，我得去找大夫人了，她還挺擔心這個二夫人的，怕二夫人好不容易又生了一個小孩，卻養不活啊。」

男子走了，我繼續往前走，終於走到了小廳，而收到通報的二夫人，已經焦急的等在那裡了。

「鑄劍師父，你終於肯來了，你知道這三天，我的孩子晚上哭嚎得更慘了，我都不知道該怎麼辦……」二夫人是美人胚子，但此刻顯然因為焦急而顯得憔悴萬分。

「我願意來，表示我願意鑄劍。」我放下包袱，看著夫人。「但我鑄劍有個規矩。」

「什麼規矩？」

「劍本身不分好壞，劍與使用者有著絕對關連，破劍若是遇到對的人，也可以擊潰好劍。」我說，「所以鑄劍之前，我想見見這孩子。」

「所以你說的使用者，指的是這個一歲的孩子？」二夫人微愣。

「正是。」

「才一歲，他不懂用劍。」二夫人表情疑惑，「更何況，『定越』是護身符，不是殺人……」

「呵。」我搖頭，「二夫人，不懂劍的人，是妳。」

「嗯？」

「劍，不是殺人。」我淡淡的笑，「殺人的，向來不是劍，而是人心。」

「嗯。」

「所以若人心想救人，劍，亦可救人。」

「嗯。」二夫人沉吟了一會，似懂非懂的點頭，「鑄劍師此話高明，我雖然不甚懂，但我相信，那個把你引薦給我的人。。」

「嗯。那個引薦者，是否是一名女子？」

「是，她說，您一定會猜中，」二夫人表情瞬間溫柔，「那鑄劍師，請來內室一趟，我帶您見一見我的孩子。」

* * *

一看到這孩子，我的震驚更強烈了。

因為劍氣留下的痕跡，更明顯了。

那從肌膚表面，浮現出有如稜線的痕跡，更清楚，也更猙獰了。

而這樣的痕跡，我想，二夫人看不到。

那是只有用劍者，或是鑄劍師，才能感受到來自劍的殺意。

「這宅子裡面，有誰會想取這孩子的性命嗎？」我小心的把孩子的衣服穿上，他就算夜夜啼哭，但看到我，依然興奮的想要抓我的手。

「取他的性命？怎麼可能？」二夫人睜大眼睛，「這孩子，又沒得罪誰……」

「是嗎？」

「更何況，我老爺子李大人，是王下第一重臣，這孩子更是他第一個孩子，將來可能繼承李家，眾人疼他都來不及了，怎麼可能殺他？」這二夫人拚命搖頭。「誰會對一個無辜的孩子下手？」

「嗯，他會繼承李家啊？原來，他會是李家的繼承人啊。」我不再說話，只是摸著那劍氣留下的疙瘩，然後淡淡的說了。「二夫人。」

「嗯？」

「我知道該怎麼鑄這把『定越』了。」我說，「過幾日，我會把『定越』鑄好，然後派人送來，屆時請妳要讓這孩子佩在胸口，記住，一定要是胸口。」

「好，我一定會把『定越』放在孩子胸口。」

「應該就在這幾日了。」我喃喃自語，「這劍氣的主人，已經按捺不住了，要快點，不然就來不及了啊。」

那天回去，我沉思了一半日後，我舉起了鎚子。

鏘的一聲，鎚下了我第一鎚。

當我手上這把拳頭大小的『定越』逐漸成形，一直在我旁邊，默默協助的劍僮開口了。

「師父，這劍很奇怪。」

「怎麼說？」

「七分生鐵，兩分生銅，再加上一分炭。」劍僮疑惑，「再加上一路上的猛火急催，這不是違背了師父您教過我的鑄劍之道，慢火生韌劍的原則嗎？」

「對，這材料的比例不對，火候也不對，但這是針對一般的劍，」我抹去額頭的汗，「我們這次要鑄的，可不是一般的劍，是要給一個一歲小孩的劍。」

「不懂。」劍僮搖頭。

「一歲小孩的劍，不是要殺人，更別提擋劍，」我淡淡的說著，「他的劍，只為了一個目的而生。」

「什麼目的？」

「他的母親。」我看著手上的『定越』，已經成形了九分。「母親，就是一歲孩子的劍。」

「他的母親？」劍僮露出了更不懂的表情，但她似乎知道，再問下去，也得不到答案，只是淡然搖頭，繼續替我催火與添加鐵與銅。

「就在這幾個晚上囉。」我敲著小鎚，眼睛瞇起。「那劍氣，遲早會按捺不住，然後出手的，到時候就危險了，真正危險了。」

三個晚上的不斷錘鍊，『定越』完成，然後我要劍僮以急如星火的速度，將『定越』送至李家宅邸。

然後，當劍僮回來時，我問了她一個問題。

「小孩把『定越』佩帶上了嗎？」我喝著茶，這是我鑄完劍之後的習慣，一杯涼茶，可退去劍的火氣，與鑄劍時不小心湧現的殺氣。

「佩帶上了。」劍僮鞠躬，「我親眼見到李家二夫人把『定越』，掛上了小孩的脖子。」

「那就好。」我閉上眼。「接下來，小孩能否活命，就看他自己造化了。」

就在那個晚上，是的，就在『定越』被送至李家宅邸的那個晚上。

我一個人喝著涼茶，待到了半夜，忽然我的涼茶水面微微波動了一下。

是劍。

我回頭，滿屋的劍，劍脊都流過一絲奇異冷光。

「果然，就在今晚。」我喝了一口涼茶，淡淡一笑，「劍氣的主人，出手了。」

就在那晚，每個住在李家附近的人，都驚醒了。

因為他們聽到了一個奇異的聲音。

響徹雲霄，讓人會從床上一蹦而起的，巨大金屬撞擊聲。

他們的眼神看向李家宅邸，他們都知道聲音的出處，他們四下探聽，但卻沒人敢向李家詢問。

因為每個大宅大院，都有祕密。

而且這次的祕密，顯然和半夜這聲奇異的金屬撞擊聲有關。

第二天，一個訪客來了。

「坐。」我這次依然沒有抬頭，我打著我的劍。「李家二夫人。」

「鑄劍師，你的表情一點都不驚訝，難道你早就知道我會來？」

「差不多。」我耳朵聽到小孩的笑聲，然後我嘴角揚起。

看樣子，這小子造化不錯，給他活過了昨晚啊。

「您的『定越』，真的很有用。」二夫人溫柔的拿起了那『定越』。

「謝謝。」

「那就好。」

「不過，我想知道的是，您究竟怎麼知道有人要殺我家小孩呢？」二夫人用手，撫摸著小孩的頭髮。

「因為劍氣。」我回答得簡要。

「劍氣？」

「鑄劍師長年與劍相處，能感受到各種劍的軌跡，殺意，同樣的，妳兒子因為被充滿殺氣的劍氣所逼迫，身體更出現了異常反應，就是這反應，讓他夜夜啼哭，也讓我知道，有用劍好手要殺他。」我慢慢的說著，「我的『定越』，只是為了擋那人的劍。」

「原來是這樣……」二夫人閉著眼，心疼的說，「那一晚，若沒有您的『定越』，擋住了對方的那一劍，更激起驚人的巨響，我，我，我恐怕再也見不到我的小孩了。」

「對方是誰，知道了嗎？」

「嗯。」二夫人露出苦澀的笑。「我想，您也猜到了吧，那是大夫人的劍客。因為大夫人自己沒有子嗣，加上李大人每次回來，都往我那裡跑，所以引發了她的嫉妒，甚至引發了殺機。」

「是啊，不過，接下來妳該怎麼辦呢？」我鎚著手上的劍，「只要再待在李家大院中，恐怕還有危險。」

「我知道。」二夫人微微一笑，「所以我打算離開了。」

「喔？」

「李家的繼承權也好，李家的榮華富貴也好，都比不上我的這個小男孩。」二夫人看著懷中的一歲小孩，表情溫柔，其美麗的光輝遠勝於昔。「所以，我要走了。」

「嗯。」我點了點頭。「是啊，這樣決定對小孩最好。」

「謝謝你，鑄劍師。」二夫人對我深深一鞠躬，「這把『定越』，我會一直帶著的。」

「嗯。」我點了點頭，我看著那就算身處在生死一瞬的劍的世界，仍處之泰然的小孩，忽然，我開口了。「這小孩，叫什麼名字？」

「他會跟父姓，姓李，單名一個牧字。」女子對我再一個深深鞠躬，然後轉身離開。

「李牧嗎？好穩的孩子。這小孩將來肯定會在亂世裡留名。」我看著女子堅定的離開，抱著懷中的小孩踏上了馬車，然後遠去。

我許久沒有說話。

只是目送。

目送，就是我最大的祝福。

然後，劍僮悄悄的來到了我的身邊。

「師父，我還有件事不懂。」劍僮說。

「哪件事？」

「我可以理解您做的『定越』能擋住高手的一劍，但我不懂，為何會鳴聲大作？然後引來小孩的母親和其他侍衛。」

「因為我一開始就沒打算鑄劍。」我笑，淡淡的笑。「我鑄的方式，是鑄宗廟中鍛造鐵鐘的材料與方式。」

「啊？」

「用大量生鐵配上生銅，加上猛火，讓金屬之中佈滿空洞，這是提升回音的方式。」我說著，「所以這柄劍的目的，不在殺敵，更不在防禦，而是呼喚……」

「呼喚母親？」劍僮啊的一聲。「難怪師父您會說，母親，是嬰孩唯一的護身劍！」

「沒錯，」我的眼神再度看向二夫人離去的那條路。「只有母親，才是最強的護身劍，最強的，定越。」

母親之劍若是出鞘，將小孩帶離這個是非之地，方能保護小孩平安成長，遠比『定越』這樣的護身符，要高明好幾倍啊。

母親，才是嬰孩唯一的護身劍啊！

第三劍，寅之劍。

「人死後，身體會留下生前最後的故事，而劍也是啊。」我說，「而這就是鑄劍師唯一會說的故事，劍的故事。」

她來我劍鋪的時候，臉上帶著淚痕。

我正在擦拭著劍，抬頭看了她一眼，又繼續拭抹著我的劍。

但也在這一眼，我已經憶起，這女孩半年前曾經來過，而且，當時，她也帶著淚痕。

她坐下，看著我，聲音帶著鼻音。「鑄劍師父，我來退劍。」

「嗯，退妳當時邀的劍嗎？」我擦拭著手上的劍，淡然的說。

「是。」她從懷中拿出一柄用布細捆的短劍，放到了桌上。

低沉的鏗的一聲，那是專屬於劍的聲音，而且是一柄經歷過無數血戰後的劍，才能發出的聲音，我認得。

「喔。」我看了劍一眼，又看了那女孩一眼，這次我瞧見了這女孩的腹部。身孕？

「劍僮。」我回頭，對著屋內喊了一聲，「有人要退劍，兩百兩銀子，拿出來。」

「……是。」劍僮的聲音從房內回應，聲音有些遲疑。

劍僮捧著兩百兩銀子出來時，表情猶豫，我能理解她的猶豫，因為我的劍寮，向來不給人退錢，劍這東西，若非拿起來玩兩下就自己斷掉，不然根本不會輕易破損，若你要和別人用劍互砍造成斷劍，這又不在我鑄劍師的保障範圍內。

「鑄劍師父，你誤會了。」女孩搖頭，「我不要錢。」

「嗯。」我看了女孩一眼，眼角餘光又輕輕帶過她已然隆起的肚子。「確定不要嗎？」

「不要，但你為什麼不問我，為什麼要退劍？」女孩看著我，又是那雙美麗但卻帶著強烈個性的眼睛。

「客人的事，我向來不過問。」

「可是，我想讓你過問，」女孩手伸向了桌上的布包，「鑄劍師父，你還記得，我半年前為何找你邀劍嗎？」

「嗯。」我苦笑了一下，我當然記得。

就是那個晚上，這雙美麗且個性強烈的眼睛，讓我留下了深刻的印象。

「我想你一定記得，我是為了夫婿而邀劍，」女孩抓著劍布的手，五根指頭慢慢的用力。

「會邀劍，主要是因為他和我成婚後，突然接到了國家的緊急召集令，說什麼南方越國的鬼兵進逼，要動員國內壯丁進行抵禦……」

「嗯。」

「當時我和他才成婚半年，我很怕，怕從此失去了他，於是我來找你，邀劍。」

「嗯。」

「原本我希望散盡我們這些年的積蓄，打造一柄軍劍，戰場上，一柄好劍不只可以殺敵，更可以自保，但礙於國家規定，軍劍無論是樣式、長度、重量都要要統一規格，所以不能任意打造，」女孩越是說，手上的劍越是用力，「所以，你建議我改成打造一柄短劍，因為短劍可以貼身而藏，一旦軍劍斷碎，短劍便能自保，對吧？」

「嗯。」我點頭。

「所以那天你看過了我和我夫婿之後，為我們打了一柄短劍，」女孩的手，抓著桌上綁劍的布包，越來越用力，而我彷彿聽到了布包中的劍，受了疼，微微發出了劍鳴。

當然，劍鳴這種聲音，只有少數的劍客和少數的鑄劍師，才能聽得到。

「嗯。」

「我夫婿出征前，我對他提出了要求，這要求很小，我不要他一戰成名，更不要他帶回什麼狗屁功名，因為我覺得功名這東西不過是那些大官往上爬的垃圾，我只要他一件事。」女孩說到這，慢慢閉上了眼。「就是，回家。」

「嗯，回家……」我淡淡嘆氣，「這要求，可一點都不小啊。」

「打不過不就逃，逃不了就降，不要硬撐，不要當什麼民族英雄，我只有一個要求，就是要他回家，平平安安的回家。」女孩說到這，眼眶慢慢紅了，而我聽到布包中的劍，鳴聲也正在加強。

這把劍，一定很疼吧？

「嗯。」

「我只是想要他回家而已，這要求不過分吧？」女孩緊咬著下唇，用力吸了一口帶著鼻音的氣，「但你猜怎麼著？」

「嗯？」

「他沒有回來！」女孩聲調揚起，「他，沒有回來，鑄劍師父，你知道嗎？他沒有回來，只有這把劍回來！只有這把劍回來而已！」

「嗯。」

「他死了。」女孩說到這，終於忍耐不住，眼淚從眼眶中滑下。「他沒有依照諾言，他死了，而他的劍，則送了回來。」

「嗯。」

「所以我好生氣！」女孩那雙美麗的眼睛中，強烈的個性，強烈的怒意，也代表著那強烈到無與倫比的，悲傷。「所以我要退劍，我要退去這臭男人，這不守信用男人的劍！」

「喔。」我點頭。

但我耳中，卻持續聽到那桌上的劍，正在鳴動。

很疼吧，劍。

聽到女孩內心的悲傷，你也很疼吧，劍。

可是，你也有你的故事要說吧，所以你才會疼成這樣吧，劍。

「所以，我不要錢……我要退劍！」女孩起身，「鑄劍師父，請你把劍丟到熔爐裡面，我不要它了。」

「姑娘。」這時，我伸出了手，拿起了桌上的布包，「妳不收我兩百兩銀子也可以，要我將這把短劍重鑄也可以，但，妳可否也聽聽我的故事，」

「你的故事？」

「不，嚴格說起來，不是我的故事。」我把布包放在懷裡，小心翼翼的，一圈一圈解開布條，露出裡面的短劍。

果然，是千瘡百孔，是受盡滄桑的一柄短劍。

劍身已斷，這是經歷了無數苦戰之後，驕傲的斷裂。

「是這把短劍的故事。」

「短劍的故事？」

「是，」我溫柔的撫過手上的短劍，它的鳴聲好悲，「或者說，是妳夫婿帶著短劍，最後的故事。」

「你又沒有親自去戰場，要怎麼說我丈夫最後的故事？」女孩不懂。

「我說故事的方式只有一種，就是鑄劍師的方式。」我把這柄斷裂的短劍拿起，然後從火爐中拿出燒燙的烙鐵塊，順著劍脊滑了過去。

當烙鐵塊順著劍脊前進，劍身在烙鐵的高溫下，竟慢慢出現了變化。

充滿灰塵與傷痕的表面，在高溫下，慢慢的褪去，露出劍更深層的面貌。

「這是……」女孩眼中映著烙鐵的亮紅色光芒。

「人死後，身體會留下最後的故事，而劍也是啊，」我眼睛專注的看著劍身，「注意看囉。」

下一秒，我把被烙鐵激到高溫的劍身，用鐵夾夾起，然後朝著一旁備好的冷水，丟了下去。

高溫碰到了冷水，瞬間激起了騰騰的蒸汽。

「鑄劍師父，這是？」

「請看劍。」我說，我再度把劍夾起，這一次的劍，面貌已經改變。

原本佈滿塵埃，充滿傷口的劍身，在反覆高低溫之下，所有的傷口變得清楚而銳利，一筆一劃，彷彿是被斧石鑿入，映著火爐的紅光，閃爍著一條一條熒熒的光芒。

「劍的傷口，變清楚了？」

「對，這叫做淬火，高溫與低溫的反覆作用，能將劍承受過的傷口清晰呈現。」我慢慢的說著，「所有的故事，都藏在這些傷口裡面。」

「嗯。」

「短劍上這橫的紋，是半刀半劍，更是越國士兵專用的刀。」我說，「共有八道，這短劍承受了八次刀，八刀方向不同，紋路更不同，所以是八把不同的刀所砍的。」

女孩訝異，「鑄劍師父，你連這都看得出來？」

「如果妳煉了一輩子的劍，看過一輩子的劍痕，妳也會看出來。」我淡然的說，「嗯。」女孩點頭，「所以，這把短劍，共承受了八個越兵的攻擊？」

「除了橫紋，這斜紋較細，應該也是劍，斜紋雖淺，但可分辨有四筆，」我慢慢說著。「四筆，同樣來自四個方向，所以又是四個拿劍的越兵。」

「嗯，四個拿劍的人，輪流圍攻這柄短劍？」女孩聽到這，呼吸漸漸沉重。「這麼……多人？」

「是，再看這縱紋，這才厲害，妳猜這是什麼？這是斧紋，三筆斧紋，斧頭是越兵最致命的武器，威力驚人，通常只有對付馬車或是獸類才需要用到斧頭，但短劍上，竟然足足有三筆？」

「這短劍……又承受了三次斧頭的攻擊？」女孩呼吸越來越沉重，八次刀攻，四次劍攻，再加上威猛絕倫的斧頭連劈三次，這柄短劍，在臨終前，究竟承受了多少攻擊？

抑或，她的男人，在臨死之前，究竟承受了多少猛攻？

「當然，劍的傷口，是不會說謊的。」我淡然的說，「讓我們再看看更深處的傷口吧！」

然後，我再次拿起烙鐵，再次將劍加溫之後，扔進了冷水中，在激發而出的高溫中，我將劍拿到了女孩面前。

這次劍，又顯現出了更深的樣貌。

「那時候，在下著大雨。」我淡淡的說著，「因為劍身上混著雨水和血水，印入了傷痕之中。」

「在下雨？大雨中，我丈夫握著這柄短劍，被這麼多武器輪番攻擊？」

「還不只。」我搖頭。「下面還有更深的傷痕，這是鐵鍊絞過的痕跡、野獸的咬痕，還有許多凌亂的刀紋、劍紋，甚至還有擊落弓箭的痕跡。」

「嗯。」女孩雙目緊盯著劍，看著那些被我用高溫與低溫逼出來的傷痕，她也許無法理解我為何能看穿每種傷痕的來歷，但她一定能明白的是，這柄短劍，最後承受了超乎想像的戰鬥。

也就是說，她的男人，在拔出了短劍之後，在生命的最後一刻，究竟經歷了什麼？

「再來。」我再度夾起劍，用烙鐵燒過，然後扔回水裡，第三次的高溫，再次剝出劍更深一層的傷口。

「嗯。」

「這次，又是更多的刀紋、更多的劍紋，以及更多的斧紋。」

「嗯，好慘烈。」女孩呼吸越來越沉重。

「然後，斷劍的原因，就在這裡了。」我看著最後的傷口，第三次的淬火，說出了劍斷的最後原因。

對手，也是一柄劍。

這是一柄做工獨特的劍，穿過混亂的傷痕，將短劍一口氣絞斷，短劍一斷，將劍主人最後的生機整個斷絕。

「終於被砍斷了。」女孩喃喃唸著，聲音哽咽。「他，好努力啊。」

「女孩啊，大雨中，這麼慘烈的兵器傷痕，這麼濃厚的血跡，」我看著短劍，「妳可知道，這代表什麼意思？」

女孩沒有回答我，她只是閉上了眼睛，她在想，想著自己的男人，生命中的最後一刻所經歷的事情。

這秒鐘，我聽到了短劍在劍鳴。

這次劍鳴得很哀傷，卻也很溫柔。

非常的，溫柔。

* * *

大雨中，男人的部隊扼守著峽口，遭到了越兵瘋狂的偷襲。

上千名越兵，夾著兵力與偷襲的雙重優勢，一口氣衝入了峽谷中的男人部隊中，展開了殺戮。

率先發威的，是越兵的刀。

橫揮起來威力倍增的刀，將男人的戰友們的頭顱，一個又一個從脖子上，削了下來。

跟著登場的，是越兵的劍。

用劍的越兵通常是武功較高的，因為劍能對單點突破，面對著穿著甲冑的敵人，劍能穿入甲冑中的連接處，然後破壞敵人的身體結構，巧妙的奪去生命。

接著，才是越兵的斧頭。

猛烈的斧，只有少數的越兵能使，因為斧能破壞敵人的陣地、馬車，當然還包括了敵人的身軀，任何人類的身體只要被越國大斧削過，身體就會有一半化成點點血肉，碎裂在空氣中。

越兵殺得很痛快，一如男人部隊也減少得很快。

直到，當所有的越兵以為戰役已經結束，他們已經拿下這峽口之際，卻發現前方有了騷動。

峽口邊緣，一個僅能容納兩個人的狹窄之地，瘋狂的越兵們竟然攻不下來。

當所有的敵人都被殲滅，所有的越兵開始往那處湧去，他們想看清楚，那狹窄之地，究竟發生了什麼事？為什麼戰鬥持續如此久？

接著，越兵們訝異發現，久攻不下，造成數十名越兵陣亡的峽地，竟然只有一個男人。

這男人不僅官階低下，而且長劍早斷，只靠著手上的一柄短劍，與不斷蜂擁而來，源源不絕的越兵死鬥。

大雨越下越大。

一名越兵發出怒吼，他揮動手上的刀，刀上早已沾滿了敵人的鮮血，朝著男人撲去。

短劍擋住，然後劍刃順著刀鋒往下滑，這越兵的心臟，瞬間被短劍貫穿。

然後男子拔出短劍，滿臉血污的他，發出怒吼。

這怒吼，越兵聽不懂，但似乎在喊某個名字，或是某段咒語。

聽不懂沒關係，對越兵來說，這峽口雖然算是攻下，但怎麼可以留下一個敵軍不殺，必須讓一切結束，於是第二個拿刀的越兵衝了上去。

刀，再次被短劍擋住，然後，同樣是心臟被穿破。

第三個拿刀的越兵，第四個拿刀的越兵，第五個，第六個，第七個……眼前越兵的屍體不斷堆積，刀也不斷落下，男人每殺一人，就發出一次怒吼。

像是在喊著某段咒語的……悲傷怒吼。

而當這男人殺了超過五十個拿刀的越兵，越兵們卻步了，因為他們感到困惑，困惑的原因是，因為他們在戰場這麼久了，知道一個人的劍法再高，殺人技巧再強，體力絕對不會無窮，這男人殺了這麼多人，身體也累積了這麼多傷口，苦戰的時間更早已超過三個時辰，竟然還不倒。

怎麼會，還不倒？

這男人的哭吼，到底在哭吼什麼？難道是巫法嗎？

拿刀的越兵退卻了，這時更高階的越兵來了，這次登場的，是劍。

劍的攻擊方式比刀更多，更柔軟，更多彈性，也代表著更危險。

大雨，不斷的下著。

拿劍的越兵，右腳往前一踩水花，左手的劍已經化成閃電，穿入了悲吼男人的胸口。

越兵們才要歡呼，卻發現，劍停了。

因為，男人的短劍又格住了劍，短劍再度翻轉，然後看似慢，實則快到嚇人的速度，貫穿了用劍越兵的胸口。

吼。

男人繼續悲吼。

越兵怒了，三個拿劍的越兵同時躍出，他們先後發動攻擊，但男人一邊悲吼著，一邊一劍，宰殺了這幾個越兵。

男人身體都是血，身體多了好多個被劍刺中，宛如小噴泉的傷口。

但，男人不倒。

就是不倒。

不倒的代價，就是換來更猛烈的攻擊，這次來的，是斧頭。

雨，狂暴的下著。

拿斧頭的越兵，往往壯碩如猛熊，他們嘶吼著，從上而下，朝著男人劈來。

男人用短劍擋，事實上，他也只能用短劍擋。

擋住。

但男人雙手虎口同時噴血，短劍更只能讓斧頭偏移，斧鋒仍滑過男人的肩膀，削下一大片血痕。

男人不顧肩上血痕，右手猛力一刺，沒有什麼招數，卻準確的插中了拿斧頭越兵的胸口。

又死一個。

男人，又是一陣宛如哭嚎的咒語怒吼。

看著最驕傲的斧頭越兵倒下，越兵更加瘋狂了，大雨中奔來兩個拿斧頭的越兵，在男人身上砍出兩道驚人的傷口，血亂噴，混在大雨中，但結局卻都與第一個相同。

倒地，變成兩具死不瞑目的越兵屍體。

男人狂吼著，這次的狂吼已然嘶啞，但卻依然吼著相同的音調。

一個宛如咒語的嘶吼。

接著，是越兵的野獸，越兵的弓箭，或是鐵鍊甩攻，這些攻擊都在男人的身上留下驚人的傷口，但卻都沒有奪去他的性命，他全身都是血，吼著，拚命的吼著。

越兵們，以兇悍著稱的越兵這剎那真的遲疑了，他們不想打了，他們已經攻下了峽口，可以不用管這男人了，這男人流了那麼多血，不用管他，他就會自己死了，不用管他了……

但，遲疑歸遲疑，越兵還是不斷的攻擊，因為他們想知道這男人的祕密，他的吼聲是什麼？他的短劍有什麼祕密？以及，越兵們最想知道的……這男人究竟會不會死？

他，究竟會不會死啊？

越兵們清楚，如果他們不殺死這男人，以後只要再上戰場，內心就會永遠存在著一份恐懼。

以往天不怕地不怕的越兵，一旦內心有了恐懼，肯定全面潰敗，因為他們將不再信任自己的劍，因為他們心中有了疑惑，所以，他們不管如何，都要殺了這個男人，都要找出這男人在戰場不死的祕密。

然後，就在大雨中，一切陷入僵局之際。

越兵們，突然安靜下來了。

帶著一股敬意，安靜了下來。

他們同時看向後方，用眼神恭迎著一個男人的駕臨。

這男人穿著將領才有的甲冑，他步伐沉穩，動作沒有絲毫破綻，踏在大雨中，狂暴的雨珠碰到了他身體之外，被他的氣勢一震，就往旁散去。

他是高手。

越兵中的高手。

「閣下很強，一人屠殺我百名越軍。」這高手表情凝重，走到了短劍男人的面前，他說出了那男人的國家語言。

男人渾身浴血，看著這高手，呼吸粗重。

「但，很抱歉，我必須殺你。」高手抽出了劍，對準著短劍男人。「死前，你可有遺言？」

「吼。」男人又是一陣宛如咒語般的怒吼，聽得高手身軀一震，但同時間，雙方都沒時間再談了，因為，交鋒的時間已經到了。

高手的劍，是一柄奇異的劍，劍的前端只有一半的劍刃，其他地方更佈滿了大小不一的凹槽，換句話說，這是一柄殘劍

但殘劍在這高手的手中，卻展現了驚人的力量。

殘劍因為殘，攻擊方式更詭異，瞬間卡住了短劍，接著，高手的手腕一轉。
這一轉，大雨中，所有的越兵都發出了一聲「嘩——」
因為斷了。
短劍，擋住百次武器猛擊，刺穿百名越兵胸膛的短劍，終於斷了。
短劍斷了，這男人再次發出那宛如名字的悲吼，然後，殘劍噗的一聲，刺入了男人的咽喉。
殘劍再轉，俐落的卸下了男人的頭顱。
脖子的血沒有往上噴，因為男人的血已經流乾了。
然後，男人跪地，砰一聲倒在雨水之中。
大雨滂沱，這男人終於倒下了。
高手收起了劍，他看著男人的屍體，然後輕輕的說了一句話，這句話，是男人國家的語言。
「你剛吼的，也許是我聽過最強的巫咒，最強最強的巫咒，竟是……」高手輕輕的說。
「……『等我回家』。」
越兵蜂擁而上，夾著報復的心態，把這男人的屍體搗成了肉醬，而高手卻撿起了那柄斷掉的短劍，扔給一旁的越兵。
「送回去。」高手這次說的，是越語。
「送回去？」

「送回那個男人的家鄉。」

「啊？」

高手沒有說什麼，只是將殘劍插回了腰際的劍鞘，慢慢的走入了大雨中。

「一個男人劍的強度，取決的，是他對家人的承諾。」雨中，高手喃喃低語。「所以男人的劍，真的很強，很強。」

真的夠強。

那一刻，彷彿又見到了那狹窄山谷中，男子全身浴血，咬著牙，吼著，「等我回家。」

等我回家。

短劍揮，斷去敵人手足。

等我回家。

短劍揮，刺入敵軍胸膛。

等我回家。

短劍折，手揮空，脖子被高手劃上一刀。

等我回家。

男人倒地，天空很藍，女人的笑，好溫暖。

等我……回家。

打完這場戰爭，我馬上，就會回家了。

劍鳴停了。

時空，回到現在，回到我的劍鋪，火爐邊。

「這柄劍，我不退了。」那女孩把劍細細包好，像是包著自己逝去的愛情般小心翼翼。

「不退了？」

「因為我希望把劍留著。」女孩伸手，摸了摸自己的肚子。「然後告訴我的小孩，他的爸爸真的很強，努力遵守對家人承諾的男人，真的很強。」

「嗯。」

「鑄劍師，我好希望不再有戰爭。」女孩臨走前，淚眼汪汪的看著我。

「我也希望。」我看著她，溫柔的回答。「有那麼一天，我不用再鑄劍。」

「有那一天就好了。」女孩的眼角仍帶著淚痕，但笑起來已經沒有那麼重的憤怒與悲傷了。「我想，那個男人，臨死前一定也是這樣想的吧？」

「對啊，他，一定也是這樣想的吧。」我也笑了。

那晚，當我望著火爐發呆，背後傳來劍僮的腳步聲。

「師父。」劍僮輕聲說。

「嗯？」

「那柄殘劍好厲害。」劍僮也和我一起看著火光，「因為我懂師父的劍，雖說那男人是靠著驚人意志力才撐到最後，但如果沒有師父打造可以和男人『人劍一體』的短劍，是敗不了這麼多人的。」

「嗯。」

「但那殘劍高手，卻破了人劍一體的境界，不是等到男人體力耗盡，而硬將短劍折斷。」劍僮沉吟的說。「師父，那殘劍真的很厲害。」

「唉，我知道殘劍很強……」我沉吟了半晌，才慢慢的，慢慢的嘆了一口氣。「因為，那把劍也是我鑄的。」

「啊？」

但我沒有再說話，只是注視著火光，拿著涼茶，沉默了。

第四劍，卯之劍。

我們鑄劍師，就是要創造所有的可能性。
就是要創造所有的可能性。

他一走進來，我就知道他命不長久。

倒不是因為他面相帶著渾濁的黑氣，也不是他肩膀上掛著凡人無法見到的「越鬼」，而是他年紀已老，走路顫顫巍巍，一看就知道是年老加上重病，肯定不久於人世。

所以，當他還沒坐下，我就先開口了。

「先生肯定不久於人世，何必還要邀劍？」

「當然要。」那老人露出釋然的笑容。「但這不只為了我自己，而是為了我那些死去的同袍。」

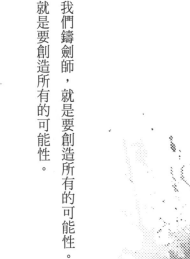

我認得這釋然的笑容，每個邀劍者懷著必死決心來邀劍時，就是這樣的笑。天崩地裂，無所畏懼的笑。

這笑很迷人，也，很讓人悲傷。

「同袍？」

「是，而且我有一個不情之請。」老人說到這，從胸口掏出了一塊銅片，遞到我跟前。

「若您肯為我鑄劍，請將這塊銅一起熔到劍裡面。」

把一塊殘銅熔到劍裡？這樣七拼八湊的做法，違背了我鑄劍的原則，於是我說：「為何？這樣的要求太奇怪。」

「鑄劍師父，等你聽完我的故事，再來拒絕好嗎？您可知道，最近南方大國吳國一名大臣要來我國參訪。」老人淡淡的說，「吳國兵力強大，甚至連敗南方第一大國楚國，這名吳國大臣來訪，我國肯定竭誠歡迎。」

「我知道，余易吧？」我點頭，這是最近國內挺熱鬧的大事。

要知道南方諸國中，能搬得上檯面的只有三國。

第一個是歷史悠久，幅員廣大的楚國。

第二個是最近數十年突然鋒芒畢露的吳國，這吳國從吳王僚開始，創出九十八劍的傳說，就不斷擊敗楚國，更北上逼退了中原大國晉國與齊國，締造一個南方傳說。

第三個則是最近幾年才竄起，但事實上是吳國死敵的越國，兩國地形接近，屬性相近，只是越國比吳國更剽悍，戰術更詭異，所以南方將越兵稱之為鬼兵，更有護身符「定越」的誕生。

如今，聲勢如日中天的吳國大臣來訪，我現在藏身的這個小國，肯定卯足全力討好之。

「是，就是佘易，」那老人說到這，微微一頓，然後又嘆了一口氣。「你可知道，他本來是楚國人？」

「喔。」我眼睛瞇起，其實在這個年代，有句話叫做「楚才晉用」，事實上就是在說明各國的人才基本上互相流通的，這個小國內出現吳國或楚國人，並不稀奇。

「而我也是楚國人，我們甚至曾在同一支軍隊中戰鬥過。」老人說到這，微微嘆氣。「我曾砍下不少敵軍的頭顱，升任百夫長，而佘易與我相同，同樣積功到了百夫長。」

「嗯。」我靜靜的聽著，身邊的火焰也輕輕跳躍著。

我不追問為什麼這個曾經戰功彪炳的老人，會從楚國那個大國來到這個小國隱藏身分，我也不追問佘易後來又為何會從楚國到吳國，還當上了大官，畢竟吳和楚可是宿敵，打了上百年的仗，死的人已經數不清了。

兩人的故事，糾纏在吳楚兩國的戰鬥史中，已經迷離難解了。

「佘易是一個很聰明的人，而我是一個衝動的人，我和他兩支百人部隊，同時聽命一個千夫長，每次那個千夫長總會將我和他排在一組，因為千夫長說，我和佘易，一個衝動強悍，能快速突破敵陣，瓦解對方士氣；一個心思詭異，善於用計，會讓敵人難辨真假，兩人合作會事半功倍，」老人閉著眼，在火光前，慢慢說著他過去的故事。「而那將領說得也沒錯，我和他合作，的確無往不利。」

「嗯。」我繼續聆聽，而我的眼光瞄到了那老先生帶來的那塊銅，身為鑄劍師的直覺告訴我，這銅，原本屬於一柄劍。

一柄戰士的劍。

「我們一同率領著部屬，與吳國發生不少戰鬥，幾乎未曾敗過，但，所有的事情，就發生在那一晚……」

「那一晚？」

「那一晚，我們的小部隊，遭遇了孫武的部隊。」

「孫武？」我吞了一下口水，吳國兩大強將，伍子胥與孫武，其中孫武更有「軍神」封號。

當時的孫武可能還年輕，但軍神之名，就是在那時候打造起來的啊。

「是，那真是令人……永生難忘的夜晚。」老人閉上了眼，火光搖曳中，我從他的故事中，彷彿回到了數十年前，那個叢林中，劍染血，天空陰沉，兩軍以生命相搏的夜晚。

戰場。

老人當時還只有二十幾歲，職位百夫長，他的百人部隊已經紮營，與楚軍遙遙對峙。

而在老人軍營旁邊的，正是佘易的部隊，而後面，則是千夫長以及其他百夫長的部隊。

這夜晚，乍看之下寧靜，但空氣中卻隱隱的透著一股交戰前的緊張。

吳楚兩方的軍馬對峙，但都不知道雙方的實力、戰術，以及兵馬的調派方式，任誰發動攻擊，都可能將自己弄到全軍覆沒。

而千夫長已經下令，所有百夫長在天亮之後待命，對楚軍進行突襲。

敵方將領名為孫武，當時尚未出名，但從簡單的叢林兵陣擺法，已經隱約可見此人絕非易與之輩。

就算大戰在即，當時仍年輕的老人仍依照慣例，佩著自己的愛劍，在營區中巡查，注意是否異常，安撫著士兵的軍心。

然後，老人看見了小小的騷動。

「怎麼？」老人看見了那騷動的來源，那是一個叫做惠牙的年輕人，一群人圍著惠牙，而惠牙則笑得好開懷。

「報告百夫長，嘻嘻，我剛剛聽一個不久前才來的一個同鄉說，」惠牙笑得超開心。「我的妻子，已經生了。」

「喔。」老人也笑了。「母子都好吧？」

「均安，均安，」惠牙興奮的說，「而且還是一個胖女娃。」

「不是生男的才好嗎？」老人忍不住問。

「百夫長這您就不懂了。」惠牙說，「這年頭，男生要打仗，不小心丟了性命多可憐，生女兒才好，女兒孝順啊。」

「你的想法真特別。」

「是啊，我剛剛在想。」惠牙把腰際的銅劍，慢慢拔了起來。「如果這場仗打完，我想把這把劍熔下一小塊。」

「熔下一小塊？幹嘛？」

「我想做成一塊『定越』，送給我女兒，當作護身符，」惠牙笑，「這把劍陪了老爹好多年，救了老爹好多次命，接下來一定也能夠保護女兒，不被越國鬼魂騷擾吧。」

「呵呵，可以啊，不過從此你的劍缺了一角，以後怎麼殺敵？」

「我可以花錢再鑄一把，不過，如果可以，不要打仗是最好啦。」惠牙笑，「我想要好好陪我女兒和妻子幾年啊。」

「對啊，不要打仗，是最好啊。」老人點頭，然後對眾人說：「各位士兵，今晚早點休息，明晨我們將出擊，給那個不見經傳的孫武，一個迎頭痛擊。」

「是！長官！」士兵朗聲回答。

而老人則繼續往前走，步調緩慢宛如散步，他走到了隔壁的營區。

這營區隸屬於佘易，與老人的營區互為犄角，緊緊守護後方千夫長的營區，也是這次攻擊最主要的兩個部隊。

老人漫步著，佘易的營區和自己的營區相同，都被一種臨戰前緊張氣氛所籠罩，但依然維持一定程度的安穩。

最後，老人走到了同是百夫長佘易的營帳，兩人簡單的討論了一下戰術，一如往常的喝了一杯小酒，只是當一切都一如往常的時候，佘易突然說了一句讓老人聽不懂的話。

「老哥啊，我常在想，如果有天有人想殺我，」佘易笑，「那肯定是你吧。」

「呃，」老人一愣，隨即又大笑，「哈哈哈，兄弟啊，你是酒喝多了？還是臨戰前心情緊張，怎麼胡言亂語起來？」

「哈，是啊，是胡言亂語，」佘易也大笑，「但老哥，我必須說，我不會讓你成功的，我絕對不會讓你成功的！」

「胡言亂語，胡言亂語。」老人搖頭，舉起酒杯，「罰你一杯。」

「是，該罰。」佘易這瞬間，眼中閃過老人無法理解的陰冷光芒。「是，我是該罰，該罰這一杯，咯咯咯咯。」

是，我是該罰，該罰這一杯。

過了好多年之後，當老人回想起當時的那杯酒，他才懂原來當時佘易眼中陰冷的光芒是什麼？以及，佘易獰笑著罰的那一杯酒，到底罰的是什麼了？

那天晚上，就在楚軍黎明出擊之前的一個時辰。

就一個時辰。

老人的軍營，突然破了。

一柄銳利的吳劍，貫穿了正要起床的哨兵胸口。

第二柄吳劍，貫穿了另一個剛要起身拿劍的士兵。

然後是第三柄吳劍，追上了倉皇起身，要往外衝的士兵。

同時間，在天色未明，帶著濃厚陰沉的清晨前，數十柄劍，在空中揮舞成一圈又一圈死亡光圈。

隨即，倒下的是數十名滿臉詫異，死不瞑目的楚國士兵。

數十個死亡光圈在營區快速且無聲的揮舞著，而且，一個光圈已經逼近了老人的營帳。

「為什麼？」

當光圈來到了營帳，老人慌亂中起床，面對滿臉猙獰，手提吳劍的吳兵，他赤手抓住對方的劍柄，然後抬腳用力一踹。

這一踹，算是解了第一波的生命之危，老人不愧是身經百戰的百夫長，急忙回身取劍，同時間，第二柄吳劍已經來了。

鏘！老人架住了敵劍，然後右肘往吳兵胸口一頂，吳兵氣息一窒，踉蹌後退，但他只退了一步，事實上，他也只能退一步而已。

因為下一步之後，他的頭就被老人給砍了下來。

「到底，發生了什麼事？」老人全身濺滿了吳兵的鮮血，放聲嘶吼。「敵方怎麼會這麼精準抓到我們的攻擊時間？」

沒有人回答他。

回答他的，只有營房外，死亡光圈不斷揮過空氣的尖銳氣流聲，讓老人聽得全身戰慄的氣流聲。

此刻的外面，自己的部隊肯定毫無防備，所以是屠殺嗎？吳兵在屠殺我的楚兵嗎？

但老人無暇細想，無暇擔憂，因為營帳的門再掀，這次來的，有兩把劍。

自從九十八人傳說之後，吳國的鑄劍師從九十八把不同的劍，延伸出各種劍的鑄法，各種戰法，各種武術，更讓吳國軍隊的用劍技巧，展現驚人的殺傷力。

如今，在老人面前的，是兩個吳兵，兩把劍，他們一個左手持劍，一個右手持劍，劍法剛好相生相剋，劍陣中毫無細縫，這樣的雙人劍陣，更是吳兵專門設計來對付敵軍中的高手。

老人，身為這個營區的最高負責人，是夠格面對這樣的雙人劍陣。

老人舉劍，在雙劍舞出的死亡光圈中咬牙苦撐，就算生死一瞬，他腦海中的疑問仍不斷浮現出來。

「怎麼回事？吳兵怎麼攻陷我軍的？我和余易營區互為犄角，他們要攻入這裡，肯定要先過余易那關，他怎麼沒有派兵救援？他怎麼沒有示警？他那邊怎麼了？」

吳兵的左手劍，驚險的劃過老人的肩膀，鮮血微噴，但沒刺中要害。

「吳軍，吳軍，你們到底……」老人腦中的想法仍在奔馳，他一個巧妙轉身，鑽出了營帳，同時發現，不是余易沒有救援……而是，吳軍的來源，根本就是從余易的營區來的！

怎麼回事？

老人的腦海還無法理解這樣的狀況，背後的雙劍已經來了。

「吼！不要小看我楚國百夫長啊！」老人放聲大吼，身體一個急旋，右手的劍往前一送，硬是穿過雙劍的防護網，刺中了右手持劍的吳軍咽喉。

劍力強橫，更夾著老人滿懷的悲憤，他的劍硬是將這吳軍整個身體往後推去，推了數十步才停住，但老人的身上也掛彩了。

因為，左手持劍的吳軍，趁著老人冒死一擊時的空檔，在他的背上劃上了狠狠的一劍。

當老人收拾了右手持劍的吳軍，劍再度往後一揮，這次也了結了左手持劍的吳軍。

但老人的背上已經全部是血，他無懼，在戰場上出生入死多次的他，這樣的傷，向來只會讓他更為悍勇而已。

尤其是，當他站在自己營區的中央，看到了此刻營區的現況……

死了。

那些曾經跟著自己出生入死，那些曾經和自己把酒言歡，那些曾經在半夜拿著酒，衝到自己的營帳，唱著「我們百夫長最勇敢」的那些小同袍，那些戰場小兄弟們，幾乎，都死了。

他們有的脖子被切開，仰著頭，看著快要明亮的天光。

他們有的手距離劍只有數指之遙，眼睛更看著遠處的天空。

他們有的雙手環住了吳軍，背後被插滿了劍的傷口，而他們的眼睛仍看著天空。

他們死前看著天空的眼睛，似乎都在問著一個相同的問題。

「為什麼？為什麼敵軍會知道我們拂曉出擊，而提早攻擊我們？」

老人發現自己的眼眶有點熱，而這股熱到了胸膛，則放大百倍，千倍，變成一股求生的熱火。

「沒死的兄弟！」老人狂吼，轉身，手上的劍直接穿入正在屠殺的光圈中，一口氣摘下數名吳軍的頭顱。「給我聽好！」

這聲給我聽好，在蒼茫的夜色中，沙啞而狂暴，不只楚軍，連吳軍都微微一頓。

「認住我的劍。」老人高舉手上染血的劍，「然後，撐住，等我來接應你們！」

「是！」剩餘的楚軍同時放聲狂吼，然後手上的劍突然變強了。

原本佔盡優勢的吳軍聲勢一弱，被楚軍反壓了下去，而楚軍生存的時間越長，得救的機會就越大。

因為老人的劍，在夜色中宛如一條銀色的大龍，把每個落單的楚軍一個一個接應回來。

越是接應，龍體積就越大，劍的數目就越多，就越能反過來凌殺吳軍。

就在老人不斷接應弟兄的同時，另一條龍也形成了，這條龍的體積較小，是另一個楚軍也開始接應自己的同袍了，那人不是別人，正是剛剛當上爸爸的惠牙。

當老人的大龍與惠牙的小龍會合時，二十餘名的楚軍已經形成一個吳軍無法抵擋的小型部隊了。

「惠牙。我們一起回去。」老人笑，與惠牙的背部相靠。「我們所有人，一起回去。」

「就聽老大的。」惠牙笑。滿臉血下的心中，是對生存的渴望，與對老人絕對的信任。

「我們一起回去。」

「聽老大的，我們一起回去。」所有的楚軍一起笑了，因為他們就像惠牙，百分之百的信任老人。

就算此刻整個營區已經快被完全殲滅，就算吳軍人數是他們的百倍，就算戰到最後一刻，只要老大來了，只要老大沒死，老大就能帶他們離開這裡。

因為他是老大，因為他在戰場上，從未拋棄過他的夥伴。

「長官，接下來，我們該怎麼辦？」惠牙看著老人，更看著滿目瘡痍的戰場，提出詢問。

「去千夫長那裡。」老人轉過頭，看著背後千夫長的營區，此刻也竄出了驚人的火舌，與密如雨珠的兵器撞擊聲。

他知道，千夫長那裡恐怕也萬分危急了。

「是。」以惠牙為首的士兵們，大聲應和。

「走。」老人劍一揮，二十餘名楚兵開始移動，而已經把楚軍殲滅殆盡的數百名吳軍，也同時匯集起來，他們要攔截這不該出現的小型軍團。

生死之戰，還在持續。

老人回望天空，天光正慢慢的破曉，老人心裡再度升起那不安的疑惑。

吳軍，為什麼可以展開這麼精準的偷襲？所有的吳軍都從佘易的營區湧來，佘易那裡，到底發生了什麼？

看到這一幕的時候，連堅毅不拔的老人，都忍不住閉上了眼睛，轉過了頭。

因為他熟悉無比的千夫長，此刻，只剩下一顆頭顱，被懸掛在某人的馬背上。

「千夫長！」老人怒吼，他悲憤，這個千夫長，一路從老人還是十幾歲小兵時，就拉拔著他與佘易，一路經歷了無數的戰役，無數的生死與共，如今，老長官死了。

被這神祕奇詭的吳軍所殺了。

「你，很不錯。」馬背上懸掛千夫長的吳軍，身穿深色甲冑，右手拉韁，左手提劍，斯文中帶著一股君臨天下的猛將之氣，一看就知道非等閒之人。「我軍以強勢兵力奇襲，你一人卻集結二十名士兵，一路衝撞到這裡，我軍竟然擋你不住。」

老人看著馬背上的這名吳軍，吸了一口氣。「你是誰？」

「在下，孫武。」

「哈，你就是孫武！」老人狂笑，笑彎了腰，但，就在一瞬間，老人突然停止大笑，身體宛如彈簧般往前一彈，彈躍中，手上的長劍映照鋒利光芒，直插向馬背上的孫武。

「所以，殺了你，就可以替千夫長報仇啦！」

老人來得好快，吳軍開始騷動，紛紛拔劍要救主帥，但卻無人能追上老人的速度，眨眼間，老人已經來到了孫武面前，手臂肌肉猛然收縮，再度提升劍的速度，試圖貫向眼前的軍神，孫武。

「猛將。」孫武表情淡定，「與我剛殺之千夫長，劍法系出同門，能教出這樣的猛將，貴國千夫長應該能夠長笑九泉了吧，只可惜……」

老人的劍，已經逼近了孫武。

「只可惜，貴國千夫長臨死前沒有笑。」孫武靜靜嘆氣。「因為他被另一個徒弟氣死了，因為另一個背叛了他。」

然後，老人的劍頓住了，氣勢如虹的怒火之劍，如今卻頓住了。

因為他的眼眸中，倒映出了一個人的身影。

宗易。

就在孫武的後面，而且，身穿著紫色的，吳軍軍服。

「宗易？」老人的這一愣，要命，十足的要命，因為孫武的劍，已經來了。

噗。

老人的肩膀被刺穿，右手的劍，頓時鬆了。

然後幾個追來的吳兵，砰的一聲，將老人撞倒，而老人見到宗易之後，氣勢盡散，已完全無力抵抗。

「你們這支楚國部隊，在我們吳國很有名，千夫長統御有方，加上底下兩個百夫長一個狡猾多智，一個驍勇善戰。」孫武慢慢舉起劍，對準著老人的頭顱。「吳楚這場長達百年的激戰，吳要敗楚，一定得滅你們立威，所以抱歉了。」

抱歉了。

劍光閃爍，直落入老人的腦門。

老人閉上眼，他有遺憾，宗易背叛害死千夫長，他恨，但他也無能為力了。

真的無能為力了。
但也就在老人放棄了一切，閉上眼睛等待死亡的時刻，忽然，他耳邊傳來一聲尖銳，又堅毅的金屬撞擊聲。

老人睜開了眼，他看見了一個好熟悉的笑，那是一個曾經為了自己妻子生下女兒，而開懷的笑容。

「惠牙？」

「老大。」惠牙笑，是惠牙在這個驚險的時刻，衝過層層吳軍，將手上的劍，硬是擋住孫武的劍。

「惠牙，小心，這個孫武的劍法很……」老人伸出手，下一秒，孫武的劍轉了半圈，再擊惠牙的劍，惠牙的劍崩了。

崩裂的劍角，掉落在老人的腳邊。

惠牙想要反擊，但孫武一手抓住惠牙手上的斷劍，然後直接將劍鋒送上惠牙的脖子。血噴，惠牙的脖子被自己的劍切開，而孫武則毫髮無傷。

「既是猛將，手下又肯為你賣命。」孫武再次提劍，注視著老人。「難怪會成為心腹大患，抱歉，這下你真的非死不可了。」

「吼。」老人撿起惠牙的殘劍，放聲大吼，曾經潰散的鬥志，再度因為部屬的犧牲而凝聚起來。

然後，他轉身開始衝。

二十幾名士兵，簇擁著他，往營隊外面衝。

老人要開始逃了，他要逃，是因為他不想死。

雖然，死在沙場上，對楚國士兵來說，一直是一種光榮，但老人此刻卻不想死，因為他還有事要做。

什麼事？老人的眼光，在逃離戰場之前，是釘在那個明明是楚國人，卻穿著紫色軍服的男人身上。

佘易，如果有一天有刺客要殺你，那一定是我。

是的，那一定是我。

老人的故事說完時，天已經亮了。

我與劍僮兩人，安靜的聽到最後。

「可是後來，你為什麼不回楚國？」劍僮輕聲問。「楚國是你的故鄉，不是嗎？」

「因為，佘易後來一直在找我，」老人嘆氣。「他背叛了楚國，投效到吳國孫武門下，孫武不愧是軍神，後來連戰皆捷，與吳國的伍子胥合稱一相一將，將吳國的國土不斷往外擴張，而跟著孫伍的佘易，地位也不斷的往上攀升，甚至成為負責出使各國的使官，他的權力越大，我若是留在楚國，就越危險。」

「嗯，所以余易一直在找你，所以你不敢回國？」

「是啊。」老人閉著眼，「我只能等，等有機會才來行刺，這一等，大半輩子就過去了，等到我生了重病，不久人世的現在，他……終於來了！」

「嗯。」我點頭，「所以你打算在這裡殺他？」

「正是。」老人用力點頭。

「……」我沒有說話，安靜的看著老人，然後又看了看他的手臂。

因為生病而細瘦的手臂，承受得了劍的重量嗎？承受得了劍揮中敵人頭顱時，來自頭骨那巨大的反震力嗎？

「鑄劍師，我知道你要說什麼，你認為我生了重病，連劍都揮不動了，我要怎麼報仇？」老人苦笑。

「不瞞你說，是。」

「但我非報仇不可，因為這是我今生唯一的機會，當年屈辱的從戰場上活下來，就是為了此刻。」老人用力吸氣，「就是為了等這個時刻。」

我沉吟著。

「而這塊銅，就是當年惠牙劍上的殘骸，他為了救我，硬是擋住孫武的劍，劍斷人亡，我要把他的劍，熔入我要復仇的劍上，」老人一字一句慢慢的說著，語氣咬牙切齒，「我要讓那個背叛楚國，而登上榮華富貴的余易，付出生命的代價！」

我依然沉吟著。

「能幫我這個忙嗎？鑄劍師？」說完，老人就要跪下，數十年來的等待與煎熬，早就壓過屈膝時的羞辱。

「別跪。」我伸手，爽快俐落的阻止了他。「這塊銅，你留下吧！」

「嗯？」

「這把劍，」我慢慢的說著，「我鑄。」

「啊，你鑄？你答應鑄了？」

「就這樣，請你三天後來取劍，三天後，也是佘易離開本國的最後一天，」我眼神堅定的看著老人。「那一天，我會讓你帶著劍，踏上刺客的路。」

也就在老人離去之後，劍僮拉著我，滿臉不解。

「師父，我不懂。」劍僮娟秀的臉，滿是困惑，「你知道佘易身為吳國這種大國的使節，身邊肯定是重重保護，這老人身患重病，就算沒有任何護衛，他也殺不死佘易的。」

「我知道。」我看著那塊銅，「我一直都知道。」

「那你還答應他，你打算讓他送死嗎？」劍僮跺腳。「還是你覺得，他只要一償夙願，就算沒有殺死佘易，也就算了？算了，還是我來，師父，以我的武功……」

「別傻了。」我拿起了那塊銅，扔進了模具之中，然後搖頭。「刺客這種事原本就沒有準贏，但，我們鑄劍師就是要創造所有的可能性。」
「創造可能性？」
「嗯。」我重複了一次，「沒錯，就是創造可能性。」
「師父……」
「劍僮，如果妳還有空在旁邊嘮叨，還不趕快去礦房，幫我拿幾塊青石過來……」
「青石？這礦材又輕又脆？不是一般劍的對手啊！」劍僮愣住了，「這材料，您要用在劍上？」
「是，」我淡淡的說，「因為這是創造可能的辦法，或者說，唯一的辦法。」
「唯一的辦法……？」
「劍僮，快去！」
「是……」只見劍僮嘴理唸著，但仍乖乖的去了專門放置劍材的礦房，替我選了兩塊青石過來。
「這兩塊不行。」我搖頭。
「啊？」
「這兩塊是我選過，最耐撞的青石了。」劍僮認真的說，「雖然沉了點，但卻是最強壯……」
「劍僮，去換。」我不容她分辯，「換輕的回來。」
「輕的易碎……」

「劍僮！」我皺眉。

「是……」劍僮嘆氣，捧起剛剛的兩塊礦石，又走回了礦房，而我只是專注的看著桌上那塊殘銅。

這塊殘銅，就是老人口中惠牙以生命換回來的最後殘骸嗎？

雖說鑄劍師是創造所有的可能性，但我該如何替老人爭取那最後且微薄的可能呢？

殘銅，在高溫的鑄爐內，慢慢的化了。

而我連續三日的鑄劍工程，才剛剛開始而已。

三日後，當我把劍拿給老人的時候，他先是露出了微微詫異的表情，然後抬起頭，注視著我。

我也注視著他。

「這劍……所以，」老人把劍在手上翻轉著。「你認為，這是我的機會？」

「是的，我想，這是你唯一的機會。」

那晚，就在那晚，老人踏上了征途，他漫長戰爭生涯中，最後，也最長的一役。

這一役，從數十餘年前的吳楚之戰開始，經歷了背叛，逃脫，躲藏，隱忍，到了此刻，終於要劃上尾聲了。

老人的刺殺行動，在那晚登場，而我身邊的劍僮，也越來越不安。

「欸。」我把鐵汁倒進了模具中。

「啊？」

「妳想去，就去吧。」

「啊？師父！」這秒鐘，劍僮表情先是一愣，隨即轉為驚喜。

「但記住，生死有命，別強求。」我把鐵汁重複融煉，以去除裡面的雜質。「老人若一心求死，別強求。」

「好！」劍僮臉露喜色，抓起掛在牆上的劍，就要衝出門。

而就在她即將踏出這門之時，忽然，她轉身一笑。

「師父，其實你很好。」

我一愣，隨即呸了一聲。「還不快去？再不去，恐怕幫不上那老人囉。」

「是。」劍僮開門，然後如同飛鳥般縱躍而去。

我繼續搖頭，但劍僮親身參與這場暗殺，我倒是一點都不擔心她的安危，因為我知道她的道行夠高。如果對方不要出現伍子胥或是孫武之流，越國那柄殘劍，或是吳國的九十八人，這小女孩是絕對不會有事的。

後來，劍僮和我說了，那晚暗殺的點點滴滴……

筵席結束，宗易喝了酒，在侍衛的護衛下，就要登上馬車。

然後，宗易停下腳步，迷離的醉眼，陡然光亮。

「是你！」

馬車旁，一個垂老的人影，手裡提著劍。

「是，我出現了。」

「我等你好久了。」宗易臉上突地綻放詭異笑容，「這些年我自願擔任各國使節，就是要找你，你知道嗎？」

「喔，那你終於找到了。」老人一邊說著，身影慢慢走出了暗巷的黑暗。

「對啊，你出現了，而我終於可以殺掉你。」宗易獰笑。「我終於可以不用夜夜驚恐失眠了。」

「是嗎？」

「吳國精兵們，把他給我殺了吧！」

一瞬間，宗易周圍數十位提劍侍衛，拔出了劍，十幾柄劍在夜晚同時劃出冷冽光芒。

而另外數十名侍衛，則簇擁著宗易，開始慢慢往後退。

老人右手緊握著劍，他呼吸沉重，這佘易將侍衛分為兩批，一批攔截老人，一批保護佘易，這樣訓練有素的調度，表示他為了此刻，也模擬許久了。

佘易等老人，一如老人等佘易，都已經好久了。

「你殺不了我的！」佘易狂笑著，「眾士兵，這人年輕時候還有點看頭，但現在完全不中用了，把他直接剁成老肉醬吧。」

「是！」留下的吳兵大吼，手抓著劍，朝著老人奔了過來。

老人只是慢慢舉起了手，慢慢舉起了手上的劍。

若年輕十年，他也許可以擊倒其中三四名士兵，但終究會被其他士兵糾纏，然後錯失殺死佘易的良機。

但現在，他老了，病了，別說殺三四名士兵，他恐怕連敵方隨便一劍都擋不住。

既然擋不住，那就，別擋了吧。

「佘易！」老人手上的劍越提越高，甚至高過了肩膀，然後他提氣大吼。

這聲佘易好響亮，好威嚴，完全不像是從一個垂死老人口中發出，震得佘易一個顛簸，然後回頭，看著老人。

四目，這秒鐘交會。

「接下這一劍。」

然後老人肩膀一甩，那高過肩膀的劍，也這樣，如同一柄長矛，射了出去。

這一射，所有的吳兵都震驚了。

因為沒有人會想到，老人會在第一時刻，就把唯一的武器，給脫手了。

下一秒，吳兵的劍狠狠地砍中老人，老人鮮血狂噴。

但，老人的劍，卻還在行進。

宛如慢動作般，直線前進。

這條直線，先是穿過了一個吳兵的腋下空隙，又穿過了兩個吳兵手上長劍的間隔，又精密的穿過一個吳兵的耳際。

穿過十幾個持劍的士兵，卻沒有碰到半點東西，完美無瑕的穿過了人群。

劍的慢動作直線還在持續。

佘易眼睛大睜。

他看到劍越來越大，越來越大，他想吼。

卻發現自己的耳朵聽不到自己的吼聲，一切聲音彷彿隨著劍一起靜止了。

而此刻，佘易周圍的侍衛奔了出來，他們提劍，想要把這柄古怪的刺客之劍攔下，但刺客之劍明明走的是直線，但卻像是被賦予了自在迷蹤的能力。

時間、角度，與飛行方向，配成一個完美無瑕的組合。

老人劍過，一個吳兵的劍才揮下來。

老人劍未到，另一個吳兵的劍已經揮下。

老人劍過，一個吳兵的兵刃差了不到一毫米的距離。

老人劍過，剛好斜過吳兵的眉心，卻沒有擦中任何東西。

劍游過層層人群，層層兵器，來到了佘易的面前。

「吼。」佘易在這一剎那，爆發驚人潛力，他想退，這把劍太怪了，一般的劍怎麼可以飛得這麼快，這麼穩，更重要的是，又怎麼能這麼碰巧的飛過一個又一個吳兵？

佘易知道，他只能靠自己了，於是他退了半步，想逃。

但他的腳才往後一頓，卻發現肩膀被人按住了，這一按，竟讓佘易這個身經百戰的老戰士，動彈不得。

「啊？」佘易眼光瞄到，那隻手，纖細柔嫩，竟是一隻女子之手。

「去死吧。」一個年輕女子的聲音，在佘易的耳畔響起。「壞人！」

然後，佘易真的死了。

因為，老人的劍到了。

直接穿過佘易的腦門，血漿與腦漿同濺。

數十年的恩怨，數十年的戰鬥，在這一瞬間，悄然恢復寂靜。

靜默的瞬間，那年輕女子的耳中，彷彿又聽到了這佘易與老人用一輩子記憶的說話聲。

如果有一天有刺客要殺我，那一定是你。

如果有一天有刺客要殺你，那一定是我。

那，一定是你。

那，一定是我。

一定是，我們。

劍僮後來把那柄劍帶了回來，交還給我。

「師父，我終於懂，你所謂創造可能性是什麼了？」

「是什麼？」

「你這把劍根本不能用來與敵人交戰。」劍僮甩動了劍兩下。「這麼輕，這麼脆，與長年在戰場上廝殺的厚重銅劍相擊，肯定斷。」

「喔。」我眼睛瞇起，看著劍僮，「所以呢？」

「這柄劍，一開始就是要用射的吧。」劍僮被污泥掩蓋美麗的臉龐，透出閃閃光芒。「師父，你把劍做得如此輕，就是要老人直接把劍射向佘易吧？」

「是嗎？」

「因為老人沒有體力，所以乾脆放棄與人擊劍，因為預料到佘易一定轉身就逃，所以就把劍做得宛如一把槍。」劍僮語氣中難掩佩服。「師父，你的豪賭太漂亮，若不是你，老人殺不了佘易。」

「沒有。」我搖頭。「殺死佘易的人，不是我的劍。」

「啊？」

「我的劍，只能讓老人方便投擲，但那把劍，卻穿過了數十名吳兵的劍，穿過數十名想要攔截的吳兵身軀，來到佘易頭顱的面前，妳以為我的劍，真有那麼厲害？」

「嗯……」劍僮沉吟。「那為什麼……」

「為什麼啊？」我淡淡的笑著，「我想，因為劍裡面還有一塊殘銅吧。」

「殘銅……」

「是殘銅。」我拿起了涼茶，緩緩喝了一口。「是惠牙所留下的殘銅，引導劍，刺穿佘易腦袋的吧？」

「啊。」

「不過，妳最後阻止佘易行動，也不錯。」

「師父，你……你怎麼知道？」

「呵呵，」我又喝了一口茶。「我知道，因為我是妳師父啊。」

這場暗殺，的的確確驚動了吳國，吳國甚至派出了將領來調查佘易的死因，他們將這個小國團團包圍，然後派人進行地毯式的搜索，沒找到劍，只找到老人的屍體，還有三四十名吳兵的證詞。

一個垂死的老人，拿著劍，沒有和任何士兵交戰，就直接把劍投出。

那把劍，宛如鬼神護體，穿過吳兵的防護網，然後將佘易一劍斃命。

也有吳兵說，他隱約有看見一個人影擋住了佘易的去路，但那人影身材嬌小且動作極快，當時又被那劍的威力所震驚，所以吳兵也不確定是否真有那人影存在……

最後，老人的身分調查出來了。

曾任楚軍，百夫長，是佘易的昔日同袍，所以，兇殺原因肯定，這老人是來復仇的。

「既然是佘易自己的恩怨，那就與你們國家沒有關係了。」吳國的大將沒有追究責任，收兵回吳。

只是，那將領卻在臨走前，留下了一句令人不解的話。

「原來在這裡啊！」將領回過頭，注視著這國家的天空，語意深長。「吳王與伍相國，不斷派出九十八劍捨命追殺，但卻始終殺不掉的人，原來在這裡。」

原來你在這裡啊。

第五劍，辰之劍。

「我是半斤採礦師，你是八兩鑄劍師。」徐奕老友笑得開懷。「我們半斤八兩一旦合作，還有什麼做不到的？」

「走了。」這一日，我起身，拿起包袱，朝著劍寮外走去。

「是。」劍僮一聽到我這樣說，急忙拿起早已收拾好的包袱，跟上了我。「師父，我們又要去找石頭了嗎？」

「是。」

「喔，好。」劍僮露出了開心的笑容，往往看到她這樣的笑容，我才會猛然想起，劍僮原來只是一個未滿二十歲的孩子。「師父，所以我們又要去找那個人了嗎？」

「哪個人？」

「採礦師，徐叔叔啊。」劍僮語氣興奮。「還有他女兒徐若。」

「……」我沒有回答，但微微頷首的樣子，已經說出了所有的答案。

於是，這一晚，我們把劍寮中的物品都妥善收藏好，就帶著簡單的鑄劍工具與食物，踏上了旅途。

煉劍，是一門學問。

為了回應各種不同願望的人的邀劍，所以造出各種不同的劍，劍者，或輕，或重，或長，或短，或硬，或軟……而要支持這些特異屬性的劍，除了高超的技術之外，更重要的，其實是「礦」。

礦，就是劍的材料，有人說，劍的成敗七成決定於礦，僅有三成決定於鑄劍手法，可見礦的重要性。

尤其是此時北方有晉、齊、秦等大國明爭爭鬥，南方則是楚、吳、越三國爭霸，戰爭不息，導致兵器需求量極大，於是礦物開採也變成了一個重要行業。

這種戰爭的年代，通常國家不只有自己的兵器廠和鑄劍廠，也會有自己專屬的礦業，找到一座飽藏礦物的山，然後派駐大量的人力，日以繼夜的開採，然後將礦石送到鑄劍廠，打造成一柄又一柄規格統一的軍劍，然後再由士兵們拿著軍劍上戰場。

士兵的生死，都將決定於這把劍上。

既然礦產都被國家掌握，那像我們這種不屬於國家的劍寮又如何生存呢？其實很簡單，因為礦屬於自然，所以國家的力量再龐大，也無法完全控制。

總有人會從山上挖各種礦石來販賣，因為這是一個戰爭的年代，而且許多地域仍會遭受野獸攻擊，就算沒有野獸，也隨時有帶著劍的逃兵闖入，所以家家戶戶總希望能有一把劍傍身，於是礦物的需求永遠不斷。

這些不屬於國家的礦石，會流到一個叫做「礦物市場」的地方，這些礦物通常不合法，而且充滿了危險。

所謂的危險，是因為你必須識貨。

一塊看起來映著金光的礦石，裡面的成分可能連一柄菜刀都煉不出來。

一塊看起來黑沉的廢土，卻可能藏著一把驚世好劍的原料。

眼力高明的買家，配上技術高超的鑄劍師，常能一劍致富。

但更多的是，有人傾家蕩產買了一塊看似驚人的廢鐵，從此街頭行乞。

挑礦，是一場賭博，只是看你的賭術高明或不高明而已。

而我，不隸屬於國家專門委託的鑄劍名家，我只是開著一間小小的劍寮，當然沒有非常豐沛的礦石來源，所以礦物市場是我主要的材料來源，但除了礦物市場，事實上，我還有另一方式來取得礦物。

就是上山，直接找礦。

找礦，需要功力。

這功力與鑄劍略有不同，找礦，需要的是對地理風水的經驗，以及對奇礦驚人的鑑賞力。

我找的這個人，是我的老朋友，長我幾歲，男子，他的名字叫做徐奕。

徐奕是採礦師，對這個戰爭的年代，對這個對兵器開發需求極高的年代，採礦師如同鑄劍師般重要，春秋各國不僅都有自己專屬的鑄劍廠，專屬的礦脈，更會特別養上幾個眼力高明的採礦師。

採礦師的眼力要高明，因為當一個礦脈被決定開採，往往會讓國家投入大量的人力物力，不高明的採礦師，會讓國家白白消耗大量的銀兩，消耗銀兩事小，若是兵器生產速度追不上戰爭耗用，更可能遭遇滅國之災。

而各國在評估敵國國力時，除了是否有名將、士兵、財富，甚至連鑄劍與採礦都會一併考量。

而我身為鑄劍師，也有一定勘礦能力，但原則上我會全權相信徐奕，畢竟他才是真正的專家，而他總會定期將一些礦物直接送到我的劍寮。

只是，這次的情況卻稍有不同。

他希望我上山。

他在我的門上，寫著這樣一行字：

「泰逢現，隕鐵有蹤。」

「泰逢？」劍僮看到這行字的時候，露出不解的表情看著我。

而我也看著這行字，眼睛慢慢瞇起。

「泰逢是一隻異獸，山海經[2]中曾提到的，猴身虎尾，通人性，能操縱自然，被山中居民奉為山神，算是一大祥獸。」

「所以？」劍僮依然是不解的表情。「師父，我不懂，泰逢出現，與我們鑄劍的礦藏有什麼關係？」

「當然有，越是稀奇礦產出土，就會引來越稀奇的異獸。」我吸了一口氣。「泰逢可不是一般的奇獸，牠乃是山神級數的神獸，若是牠……的確有可能是隕鐵！」

「喔？隕鐵！」劍僮聽到這，滿臉興奮，畢竟流著鑄劍血統的她，自然明瞭奇礦現蹤的重要性！

只是，我不禁沉默了。

隕鐵。

上次那塊隕鐵誕生，被吳王僚取下，後來化身為九十八柄利刃，賜給九十八名勇士，讓吳國在戰場上連敗楚國，讓吳國登上了南方霸主，而除了九十八劍之外的最後一塊隕鐵，更化為一柄無鋒魚腸劍，貫穿了吳王僚自己的心臟。

從此吳、楚、越三國爭霸進入了新的時代。

如今，隕鐵再降世。

是否預言著更巨大的新世代腳步正在逼近？

帶著行李，我們騎了馬和驢，經歷了數日的旅程，最後終於走到了與徐奕約好之處，而他，早已摩拳擦掌等著我們。

「鑄劍師父。」徐奕看到我們，原本冷硬的表情露出了笑容。「你們終於到了。」

徐奕，身材高壯，臉孔乍看之下嚴肅且兇悍，但在他粗獷的外表下，卻藏著一顆鑑定與採集礦物時，那細膩且強韌的心。

「是，我們到了。」我看著這男人，也笑了，這是老友相見才會出現的輕鬆笑容。「這次隕鐵非同小可，所以，老友，我們要再合作一次了。」徐奕笑。「我們這兩個頂尖的鑄劍師與採礦師，一合作起來，可真是天下無敵啊。」

---

❷《山海經》一書的作者和成書時間都還未確定，現今一般認為山海經成書時間從戰國初年到漢代初年楚人所作，到西漢校書時才合編在一起。本文使用為氣氛需要。

「少往自己臉上貼金，」我瞪了徐奕一眼，「只是，你確定真的是隕鐵？」

「確定。」

「何以確定？」我問。

「鑄劍師父，」這時，跳出來回答的，卻是一直躲在徐奕後面的女孩。「是我看到的，月前，天空七彩絢麗，然後陡然轉紅，一枚銳利的流星，貫破天空落到了山後。」

這女孩，名叫徐若，年紀與劍僮相仿，身世也和劍僮有幾分雷同，亂世中失去父母，只是劍僮被我這個鑄劍師收養，而徐若，則被採礦師給收養了。

徐若，就是劍僮對此行充滿期待的原因，因為她們兩個身世太像，所以一見如故，這些年來，她們感情已經情同姊妹。

「隕石落到山後，然後呢？」

「異獸開始出現了。」徐若接口。

「喔？」我微微皺眉。

「以隕石落下的地方為中心，周圍開始出現一些奇異的野獸，這些野獸有些來自別處，有的原本就在山中深處沉睡，全都因為這塊隕石而被喚醒了。」徐若看了徐奕一眼，「師父有說過，流星與異獸，正是隕鐵誕生的前兆。」

「這樣說來，真的是……徐奕，你還記得嗎？上次吳王僚取得隕鐵的時候，也曾出現過山海經的異獸。」我說。

「當然記得，上次出現的是山海經著名的凶獸『窮奇』，而這一次，卻聽說是……」徐奕的眼光中，閃爍著期待的光芒。「泰逢。」

「泰逢？」我微微皺眉，「這可不是凶獸，這是被深山居民奉為古神的神獸啊。」

「沒錯，」徐奕笑，「也許這塊隕鐵，要改變的，可不只我們南方國度的命運，而是整個春秋戰國的命運啊！」

「命運嗎？」我抬起頭，注視著徐奕所提到後山的方向，紅氣繚繞，果然是隕鐵誕生的徵兆。

這樣的隕鐵，真正能改變春秋戰國子民命運嗎？

而這塊來自天外的隕鐵，又渴望被打造成什麼樣的一把劍呢？

入山。

入山，向來不是一件安全的事。

因為此時的人口不多，許多土地尚未被開發，未被開發的深山中，到底藏著什麼樣的野獸，躲著什麼樣的生物，甚至有著什麼樣的危險地形？都沒人知道。

一個不慎，就是開膛破肚，屍骨無存的下場。

所幸，帶路的人是徐奕。

他是採礦師，原本就必須出入山林，去尋找地脈，所以對山的危險，他瞭若指掌。

不過這次讓我驚訝的，是他的小跟班，徐若。年紀與劍僮相仿，但也展現了高手風範，一路上在最前端探路，各種地形都能清楚掌握，從獸徑中自在穿梭，宛如山中的美麗精靈。

「你這姑娘，不錯啊。」我轉頭，對老友徐奕說。「看來你有接班人囉。」

「我才要稱讚你手下這隻呢。」徐奕粗獷黝黑的臉，露出了笑。「步履沉穩，精氣內斂，就算不常入山，也不會驚惶失措，整個人活脫脫就像一把小劍，像一把你縮小之後的劍。」

像我縮小之後的劍？

「像我，可沒多好啊。」我看了一眼劍僮，她認真的跟在徐若身後，兩人偶爾交談，偶爾嘻笑，是啊，曾幾何時，她已經成長到如此了？

「對啊，徐若像我，也沒多好啊，整日在山中和各種礦物和野獸為伍。」徐奕搖頭。「如果可以，希望她下山，找個好人家嫁了吧。」

「真的找人嫁了，你捨不得吧？」我笑。

「你還不是一樣？」徐奕也笑。

「所以，我們還真是半斤八兩。」

「是啊，我是半斤採礦師，你是八兩鑄劍師，我們這次湊起來剛好是半斤八兩，就看這塊隕鐵買不買帳啦。哈哈。」

走著走著，忽然，前方的徐若停下腳步。

「師父。」徐若回頭。「狀況有異。」

「有異？」

「有人的足跡，」徐若吸了一口氣，比著地上的足跡。「有人比我們還快，來到這山中了。」

「有人？」我和徐奕互望了一眼。

「一個月前流星墜地，這屬天象異常，這亂世之中高手能人不少，的確有可能有其他人已經發現隕鐵現蹤。」徐奕沉吟。

「那我們該怎麼辦？」徐若問。

「別管他們，隕鐵屬於天命之物，誰拿到隕鐵，是各人的運，我們繼續往前吧。」徐奕表情堅定，語氣輕鬆。

而越朝著流星墜地的方向前去，人的足跡更是若隱若現，連我都能感受到，被這流星引來的人，肯定不止一批！

這個戰爭為主的時代，擁有採礦實力的大小國，似乎都想沾點天命的光，畢竟拿到這塊隕鐵，就算不煉成劍，拿去朝貢給大國，也是非常驚人的貢禮。

只是原本就在危機四伏的深山中，若再加上「人」的因素，恐怕這趟隕鐵之行，凶險程度之高超乎想像啊！

但可預見的危險阻擋不了我們的步伐，我們繼續往前，約莫兩三個時辰，一直走在前面的徐若，又啊的一聲，陡然停住了腳步。

「怎麼？」徐奕問。

「我看到人了。」

「嗯，看到人又怎樣？」

「但，」徐若的聲音雖然努力的維持穩定，但卻能隱約察覺她的驚恐。「全碎了。」

「碎？」

「是的，所有的人，都碎掉了。」

乍聽之下，很難理解，怎麼會有人用「碎」來形容人的狀態，但我一看到眼前的狀況，只能感嘆「碎」字用得真貼切。

眼前的人們，真的全碎了。

化成片片血肉，就這樣撒在叢林深處，有的落在泥土中成為滋養大地的一部分，有的落在樹上成為點綴森林的裝飾，有的撒在溪邊替河水染了色，總而言之，當人碎成了這副模樣，什麼恩怨情仇，大概都一了百了了吧。

「這些人，是誰殺的？」徐若牙關微顫。

「是各家採礦師互鬥，彼此仇殺嗎？」劍僮走入了這片碎片林中，她蹲下來，尋找她最熟識的朋友。

劍，就是劍。

地上的劍，有的已經折斷，有的歪折。

「不像。」我也蹲下。「這些劍不是被劍砍斷的，是被另一種巨大的力量所折碎的。」

「是什麼？是你們剛剛提到的泰逢神？」劍僮問。

「泰逢在古書中是神，而非凶獸，若牠會這樣殘殺人類，不該被奉為神才對。」

「那這些人究竟是誰殺的？」劍僮皺眉。

「不確定，」我搖頭。「但可以肯定的是，也許，在這座山裡面，還有其他的力量存在。」

「其他力量？」

「能吸引這麼多力量來到這裡，隕鐵啊隕鐵，你究竟想被打造成什麼樣的劍？你又背著什麼樣的命運，從遙遠的九天之地，墜落至此呢？」

我們繼續往深山前進，接近了晚上，徐奕命令所有人停步紮營，等待第二天清晨再出發。

「這麼多人馬在追隕鐵，我們就這樣停下來，好嗎？」劍僮忍不住問。

「能否得到隕鐵是天命，是我們的就是我們的，無須強求，但若在這樣的深山中連夜趕路，凶險是白日的數倍啊。」徐奕搖頭。

「深夜趕路……為什麼？」

「深山中多數奇獸都是夜行，一到夜晚，獵人與獵物角色往往會互換，夜晚，絕對是一個我們人類無法理解的幽暗世界，這時候別急著趕路，寧可等。」徐奕多次入山勘礦，經驗豐富。「懂嗎？小女孩。」

「嗯。」劍僮點了點頭。

看見劍僮心急的樣子，與劍僮情同姊妹的徐若開口了。「劍僮妹妹，別擔心，若是隕鐵已經在附近了，且情勢危急，我師父就會帶領我們在深夜趕路了，只是時機未到。」

「謝謝。」劍僮笑了一下。「原來是這樣。」

也就在此時，我撥弄著剛剛生起來的營火，淡淡的說：「有人來囉。」

我這句話剛說完，劍僮也隨之驚覺，急忙回頭，這一回頭，她臉色頓時驟變。

因為一柄劍，正對著我們，而劍僮的武藝也不弱，轉身抽劍一氣呵成，竟然後發先至，與對方劍尖對劍尖，冷冷對峙。

「劍法好。」那人臉上蒙著面，站在茂密的叢林裡，身材矮胖，背上扛著一個甕口封住的大甕。「但，劍更好。」

而他的背後，隱約可見有十餘人站立，每人背上也都扛著一只甕。

那人氣凝劍尖，一股狂暴的殺氣，順著劍，湧向了劍僮。

「你們是誰？」劍僮手腕一抖，劍鋒顫動，絲毫不退讓，登時把對方的氣勢給逼了回去。

「我們是誰不重要，但勸你們回去。」對方劍尖再抖，一股氣勢從劍鋒透了出來，再回壓劍僮的劍。

兩人尚未交手，只透過劍鋒，就不斷的試探對方的底線，情勢頓成僵局。

不過，就在此時，我說話了。

「貴國的劍，頭略尖而身略細，只在劍腹處略肥，這可不是我們南方的鑄劍法，」我撥弄著火種，淡淡的說。「原來北方鑄劍名家，甘家，也來染指這塊隕鐵嗎？」

北方鑄劍名家，甘家。

這片刻，氣氛凝滯。

因為所有用劍的人，都不可能沒聽過甘家，所謂的「北甘南武」，講的是這個亂世中最擅鑄劍的兩大名家。

因為這是戰爭不休的亂世，劍是主要兵器，而國家為了戰爭會成立鑄劍廠和採礦廠，但所謂的術業有專攻，劍的鑄法與設計這門高超學問，還是需要特殊的人士才行。

要設計出一把好劍，必須考量到產地的材質，考慮到戰爭時大量砍擊的耐受度，甚至要考慮到該國國民的體型與力氣。

好的設計，更需要名家。

北方甘家與南方武家，就是專門負責這一部分的名門，他們擁有悠久的鑄劍歷史，更有著旁人無法可及的經驗，而後來為了大量製造品質相同的劍，他們甚至會鑄出劍模，並將劍模以高價賣給國家，國家就靠劍模來生產大量的軍劍，有時候一塊劍模甚至可能引發兩國之間的戰爭。

這些購買了劍模的國家，對鑄劍名家可以說是又愛又恨，因為失去了他們的劍模，可能會在戰爭中慘敗，但又痛很他們將另一種劍模販售給敵國，製造自己的強敵。

但事無必然，一如劍有兩刃，甘武兩家自知雖然各國都必須依賴他們，但他們卻也成為國家們痛恨的對象，為了自保，所以他們更養了一大群擁有驚人武力和技藝的人，據說這兩家都擁有毀滅一個小型國家的實力，不過所有國家忌憚的，仍是鑄劍名家後面的大國。

甘家的背後，是秦、晉，與齊，中原三大霸者，其中有傳言，秦已經與甘家正式結盟。秦國看重的是甘家那無窮無盡的創意鑄劍技巧，而甘家則相中秦國未來可能有稱霸天下的潛力，雙方都在賭，將自己的未來賭在對方身上。

武家的後方，當然是楚、吳兩國，聽說最近才崛起，戰術如鬼的越國，也與武家有極密切的關係。

「甘家？」這秒鐘，所有人靜默，倒是那個蒙著面，揹著大甕的人，笑了。

「好眼力，閣下也是鑄劍師？」

「算是。」我語氣依然平淡。

「這女孩的劍，是你鑄的？」

「算是。」

「薄軟輕巧，乃女子之劍，但看似外軟其實內剛，更象徵亂世女子那堅毅不撓的韌性。」那人朗聲說。「好劍，真是好劍。」

「過獎。」劍僮眼睛瞄向了我，替我回答了這個稱讚。

「不過，既然我們的目的相同，我們就算是敵人了，所以……」那蒙面男子眼露凶光，手上的劍，更隨著火光閃爍，透露出濃濃殺氣。

「是嗎？」我淡然一笑，而這時，徐奕也開口了。

「閣下背後的囊裡面，裝的可是飛簾？」

「嗯？」聽到飛簾這兩個字，只見那男人語氣微微一變。「你怎麼知道？」

「傳說北方的採礦名家，會用昆蟲找礦，其中又以操縱飛簾者最高明。」徐奕一笑，「今日總算見到了。」

「嗯，你們究竟是……」那人注視著徐奕，眼神遲疑之際，忽然，那人身旁一個蒙面男人往前跨了一大步，同時拉下臉上面罩……

「原來是你！徐奕師父？」

「啊？」徐奕一呆。「你不是……」

「是，我是長春啊，」那男人臉露興奮表情。「徐奕師父，您還記得我嗎？」

「長春？」徐奕表情吃驚，「你去了北方甘家啊？」

「是啊，師父，我是長春，上次隕鐵誕生時我們有合作過。」這長春笑著說，「那次的窮奇凶獸，可真是駭人啊。」

「是啊，所以你現在當上了甘家的採礦師？」徐奕點頭。

「是，我後來進了甘家，師父，和你介紹一下。」長春手比著正和劍僮對峙的蒙面男子。

「這是鑄劍師，他是甘將。」

「甘將？」這秒鐘，我和徐奕互望了一眼。

北方甘家以家主甘修以下，共有七子，七子對鑄造兵器天分不同，也各有所好，其中又以么子甘將最引人注目，據說他不但繼承了甘修驚人的鑄造天分，更青出於藍，設計出不少怪奇兵器，讓他的部隊屢出奇兵，更殺得對方是措手不及。

「是。」那面露殺氣的男人，也扯下了面具，然後抓了抓頭。「既然是朋友，就不用打啦，我是甘將沒錯。」

「是嗎？」

「既然大家都熟識，今晚我們一同紮營，明日我們再各奔東西吧。」長春提議。「深山的野獸多，人多一點有照應，而且，徐師父，我們也好久不見了，晚上來聊聊吧。」

徐奕看著我，點了點頭，而我了解徐奕的為人，他做事細心穩妥，如果他信任長春，應該就是沒有問題的。

「好。」我再次撥弄了火，應承了所有人一同紮營的提議。

夜晚，當長春拉著徐奕說長道短的時候，我則仔細的觀察了一下甘家這批來採隕鐵的成員。

裡面主要的人物有兩個，鑄劍師甘將，以及採礦師長春，其餘將近二十人，個個身負武功，主要任務是保護甘將與長春，以及共同開礦。

這個長春也不是一個簡單人物，撇開曾與徐奕共同採過隕鐵不說，單單看他可以擠進甘家的核心採礦師，就知道此人對礦物極為專精，已接近徐奕的水準。

而當我觀察著眾人之際，眼角瞄到了另一個有趣的畫面。

那是二十餘歲的甘將，正站在劍僮旁，雙手合十，不知道在懇求著什麼。

「妳的劍，」甘將一改剛才的濃烈殺氣，變得有如羞怯的少年。「可以借我一看嗎？」

「為什麼？」劍僮退了一步。

「看一下嘛。」甘將雙手合十央求道。

「哼。」劍僮眼神看向我，見我微微點頭，劍僮才哼的一聲，「哼，只能看一下下喔。」

「多謝。」甘將一笑，雙手捧過了劍僮的劍。

也就在這一剎那，甘將的眼神驟變，此刻的他不是剛才展露殺機的殺人者，也不是對劍僮拜託的少年，而是鑄劍師。

真正鑄劍師的眼神。

這是和我一模一樣，鑄劍師的眼神。

好傢伙，真是好傢伙。

「劍軟而韌，外輕柔而內剛韌，這柄劍，與其說完美，還不如說，是為了劍僮妳量身打造的啊。」甘將吸了一口氣，然後忽然從腰際拿出了一塊小鎚，輕輕的敲了劍身一下。

此刻，小鎚與劍僮的劍，撞擊出柔美而獨特的金屬響音。

懂得「觀其形，聽其音」，這甘將果然是一個人物。

「這劍的材質，乍聽之下普通，該是紅玉、黃石、青玉所組成，但卻能鑄出如此柔軟的劍，想必是火候、材質比例，與鑄法三者完美融合後的結果，」甘將語氣越說越陶醉，表情卻越來越嚴肅，然後眼神從劍上移開，看向我。

我只是撥著火。

甘將默默的看著我，氣氛緊繃。

「看到這把劍，讓我想起我們鑄劍師之間，流傳許久的一則神祕傳說。」

「……」我繼續撥著火。

「魚腸。」甘將忽然笑了，開懷的笑了。「鑄劍師中的頂級傳說，殺手悲歌中的極致經典，專諸與魚腸，魚腸……難不成是您鑄的？」

魚腸。

說到這柄劍，我內心微微一嘆。

「魚腸，不過就是魚肚子裡面的一根腸子。」我搖頭。

「是嗎？好吧，不管是不是您鑄的，但我必須要說，魚腸這柄劍啊，當真是震動了我們甘家上下……！」甘將搖頭。「我父親甘修聽到專諸持魚腸劍，刺殺吳王僚之後，連三日閉關不吃不喝，當他出關時頭髮竟然白了大半，他只嘆了一口長氣，『我鑄不出來。』我們當時還尚未理解，父親又補了一句，『我把吳國國勢，吳王僚一身武學，加上當時藏劍在魚體內的方式都想了一遍，我明白了一件事，魚腸劍，我鑄不出來，我殺不了吳王僚。』」

「喔？」我眼睛瞇起，這甘修，也是個人物啊。

「當時我父親這樣說，我們七個小孩都不服氣，回去思考了魚腸與專諸的刺殺方式，想用自己的方式刺殺吳王僚，但每個人的方式都被父親或其他兄弟輕易破解，只剩下我……」

「你？」

「我不甘心，所以我想要這塊隕鐵，」甘將比著後山，也就是隕鐵墜地之處。「我認為魚腸與專諸雖然合成了一柄極致完美的殺人之劍，但其中材料也是關鍵，我想要拿到隕鐵，然後打造另外一柄魚腸。」

「完美的殺人之劍？」我繼續搖頭，「有這樣的劍，有什麼好？」

「當然好，我要打敗魚腸，創造另一個鑄劍師的傳說！」

「傻瓜。」我閉上眼，對著滿天的星光，重重的嘆了一口氣。「越是完美的殺人之劍，越要把人性逼到極致，而所有的悲傷，最後都會回歸到鑄劍者的身上。」

「啊？」甘將似懂非懂。

「你有天分，但你還太年輕，殺人之劍太沉重，你不懂。」

「我哪有不懂，我創造了不少兵器，讓秦國打了不少勝戰。」甘將不服氣。「我改造了弓箭，變成能刺穿城牆的弩！我創造了能多砍兩百次也不會裂的劍，我製造了適合深夜突襲的輕劍，我……」

「你不懂得。」我繼續搖頭。「你打造的武器，只是為了戰爭，而不是殺人，要殺一個人，需要背負的東西，你不懂。」

「我不懂……哼！」而甘將表情雖然不服氣，但仍對我深深一鞠躬，「鑄劍師父，今日見到您，算是不虛此行了，但我必須說，那塊隕鐵，我是絕對不會讓給您的。」

「嗯。」我沒有回答，只是淡淡一笑。

隕鐵，會自己找主人。

是你？是我？其實都無所謂，但甘將啊，這道理是二十幾歲，少年得志的你，所無法理解的吧！

第二天一早，當我和徐奕起床時，我們發現甘將的人馬已經全部離去了。

「看樣子，他們想趕在我們之前，到達隕鐵的位置。」徐奕笑了笑。「那個長春，就是這樣的人。」

「怎樣的人？」徐若問。

「他是一個極度聰明的採礦師，當年第一塊隕鐵被發現時，我們在吳王僚重金邀請下，共同上山採集隕鐵，當時我為主，長春為副，那時我就知道他的個性，他能力強，聰明絕頂，但就是好勝心強了點，也許因為年輕吧。」徐奕嘆了一口氣。「他一定會想辦法搶到這塊隕鐵的。」

「那個甘將也是。」我補充。「好勝心強，對隕鐵也是勢在必得。」

「我們這對半斤八兩遇到了挑戰者了嗎？呵呵。」徐奕一笑，「是否能得到隕鐵，就看老天爺如何決定吧。」

只是，我們萬萬沒料到，當我們繼續往前，就是越多讓人不忍直視的畫面，等著我們。

所有的恐怖畫面，分為兩種，一種是人碎掉的。

像是被某種巨大的野獸突襲，每個人都拿起劍奮力回擊，但卻都無力阻止這隻巨大的怪獸，最後成為森林中血腥泥土的一份子。

第二種，是乾掉的。

所有人都像是曬過太陽的橘子皮一樣，皺成一團，散落在營地周圍，陰森詭異。

而且，越是往深山內，表示採礦師的道行越高，這樣的採礦師平常多少都見過些深山異獸，但如今卻都失手了，走向碎掉與乾掉的死亡之途。

「這是晉國的軍劍，從頭到尾都很寬大的劍體，是他們的標誌。」劍僮拿起地上的劍，「連晉國的採礦師團隊也死了。」

「嗯。」一旁的徐若掐起手指，開始數著。「一路走過來，被滅掉的採礦團約有十餘個，晉國和齊國也被滅了。」

「那吳國、楚國，與越國有出現嗎？」徐奕突然插口。

我懂徐奕的意思，北方的大國，晉、齊和秦三國，晉國與齊國的團都已經沒了，那只剩下秦國，而甘將，顯然就是受了秦國的委託來到深山中。

北方大國已經全部出現，那南方呢？

吳國搶下第一塊隕鐵，打造九十八人的軍團，後來在伍子胥和孫武的帶領下，攻破楚國首都，吳國不可能缺席第二塊隕鐵的。

吳國不可能缺席，而與他纏鬥多年的泱泱大國楚國，還有正在邊陲地帶崛起，宛如鬼魅的越國，肯定也會參與這場搶石大戰。

「沒有。」只是，當我搖頭之時，遠處，忽然傳來一聲尖銳的慘叫。

慘叫聲嘶力竭，絕對是垂死前的吶喊。

「前面。」徐奕和我互望了一眼，同時邁步往前，「前面有狀況。」

然後，我們奮力撥開層層的樹叢，朝著慘叫的來源而去，當我們抵達了慘叫之地，我們看見了牠。

「猙？」我和徐奕幾乎同時發出了這個音。

猙，牠的身體如同猿猴，唯獨頭顱的部分如同山豬，身形大得嚇人，正在那個採礦團的周圍跳躍著。

牠每跳過一個地方，馬上就是一個人的劍斷折，然後身體跟著碎掉。

原來，把每個人弄碎的，就是牠？

「是猙啊，這樣說起來就合理了。」徐奕露出豪氣的笑。「我以為山海經記載的異獸，我一輩子只會看到一隻，沒想到有緣見到第二隻啊。」

「是啊，而且這隻猙看起來很老了，也許活過五百年了。」我昂著頭，「這樣的老怪物，都被這塊隕鐵引來了啊。」

眼前的猙，快速在採礦團內肆虐，這採礦團約莫三十餘人，算是大型的採礦團了，裡面的人也有不少用劍的能手，他們揮舞著手上的劍，組成劍陣，搏命與猙周旋。

比起之前被猙輕易虐殺的採礦團，這一團算是厲害了。

「我可以回答你剛才的問題了，你說南方諸國為什麼都還沒露臉？這一國……」我說，「就是楚。」

「喔？」

「楚國的軍劍，劍身略長，劍柄部分為了方便緊握，會設計特殊紋路。」我看著這一團的劍，「這一團，肯定就是楚國。」

「不愧是楚，能與猙周旋至此。」徐奕點頭。

眼前的楚團，雖然一開始被猙突襲，陣亡了八九人，但隨即組成了劍陣，以強大的劍力與眼前的猙周旋，猙雖然兇惡，但多次強行躍入劍陣中，不但沒殺到人，反而被劍陣刮出不少傷口。

「這樣看起來，楚團也許能殺敗猙？」劍僮湊上前說。

「機會不大。」我說。

「怎麼說？」劍僮不解，「猙雖然兇惡，但楚針對牠擺出了劍陣，顯然已經壓抑了牠的攻擊。」

「因為你不懂猙。」我轉頭與徐奕眼神相對。

「我不懂猙？」

「猙，是夫妻獸。」

「夫妻獸？」

「表示，」我苦笑。「有一隻猙，肯定有另外一隻猙啊。」

這句話才說完，眼前楚國的劍陣，突然亂了。

因為另一隻猙陡然降臨，這隻猙更大，獠牙更長，動作更粗暴，重點是，楚國的採礦團完全沒有預料第二隻猙的降臨，他們的劍陣大亂，原本互相防禦的劍法崩潰。

一崩潰，幾乎等於死亡的降臨。

只見兩隻猙，四隻手，抓了八個人頭顱，然後隨意亂甩，有的人頭顱撞上了樹，如花朵般碎開。

有人的身軀在猙的爪子中就已經碎了，被甩出去的時候，只是化成更飄散的血花。

兩隻猙殺得痛快，終於，剩下最後一人了。

這最後一人，戴著黑色長帽，雖然驚恐，卻仍帶著尊貴氣度。

「失手。」那人苦笑，右手持劍。「看樣子，這場隕鐵之爭，我們楚國得退出了啊。」

兩隻猙尖嘯，巨大的爪子，同時揮下。

這人的劍，只稍微擋住了猙的爪子，但隨即就彎折，破裂，化成廢鐵，與主人碎裂的血肉混成了一團。

「那個人是薛叔。」徐若低聲說。

「你們認識？」劍僮問。

「我師父帶我去山上採礦時，有時候會遇到他，他是楚國的採礦師，他曾經順手摘了果子給我吃。」

「嗯。」劍僮能理解徐若的悲傷，只是沉默不語。

這時，徐奕從包袱中，取出了一個瓶子，「現在還不是和這兩隻異獸對決的時候，幸好我們人少，來，每個人抹些在身上。」

「這是什麼？」我問。

「山藥汁。」徐奕在所有人的掌心倒了一些，那東西一到我手上，立刻散發濃烈的氣味。

「山藥汁能遮掩我們的人味，避免野獸聞到我們的氣味後對我們發動攻擊。」

「嗯。」當所有人一起抹上，而徐奕又繼續說道：「這一招只適用於人少，因為人一多，無論聲響或是氣味，還是會驚擾到山中的野獸，那個楚國的老薛，大概就是這樣引來猙的吧。」

果然，一抹上了山藥汁，那兩隻猙撿了楚團的屍體飽食一頓之後，就呼嘯離去。

看到這兩隻猙離去，劍僮與徐若同時吐出了一口長氣。

「師父，我們繼續往山裡面走，還會遇到牠們嗎？」

「肯定。」徐奕點頭。

「那我們……」

「放心，」徐奕的眼神看向了我，笑了。「我們會有辦法的，對吧，老友？」

看到徐若的眼神，我只是淡淡的，點了點頭。

半斤鑄劍師和八兩採礦師都合作了，勝算，應該還是會有的吧？

「如果我猜測沒錯，再兩天兩夜，我們就會到達隕鐵墜地之處。」

此時，我們繼續往深山前進，又走了兩日，這兩日已經沒有遇到半個被滅亡的採礦團了，也許不夠高明的採礦團都已經陣亡，而夠高明的採礦團，要被殲滅，也沒有那麼容易了。

據推測，這個山中，應該還有四個團在推進。

第一團，是我們，不屬於任何一個國家，人數極少，獨立行動的一團。

第二團，是甘將與長春的團，代表北方的秦國，走著另外一條路線，快速逼近隕鐵處。

第三團，應該是吳國團，曾經委託徐奕拿下第一塊隕鐵的吳國，本身擁有傲人的採礦和鑄劍能力，肯定也在爭奪隕鐵的行列中。

第四團，也許是越國團，越，這個宛如鬼魅的國家，國土與人口雖小於吳國與楚國，卻能崛起成為南方霸者之一，其中必有獨到之處，若他們也在這山中存活，我一點都不意外。

這四個團，在山中用各自的方式隱匿身形，等待著時機，等待著隕鐵，等待著天命的選擇，更等待著，撼動戰國的機會。

只是，我沒想到，我們很快就會親眼目睹了下一團，而且，更看到了第二種異獸。

那種會讓人「乾掉」的異獸。

「停。」走在最前面的徐若，突然伸出手，阻止了所有人的行動。

「怎麼？」

「剛剛有人……」徐若話沒說完，眼前果然出現了一個全身黑衣的男子，這男子的背上，還揹著我們熟悉的大甕。

「是甘將的人……」徐若才要說話，那黑衣人眼睛綻放奇異光芒，又消失在叢林中。

「剛剛那個人是甘將的人，但，為什麼會一個人出現在這裡？」劍僮不解，問道。

「不知道。」我們都無法解釋落單的黑衣人，而就在這時候，我們聽到了一個奇特的聲音。

這聲音極度奇特，不像是野獸的咆哮，不像是山林的風聲，反而像是某種鳴動。

空氣綿密震動時，所產生的鳴聲。

「這是什麼？」徐若表情戒慎。

沒人能回答徐若的問題，下一刻，鳴動中，第二個聲音混了出來。

慘叫。

毋庸置疑，是人類的慘叫。

「隊形改變，徐若妳到後面去，」徐奕手一揮，「我們小心的前進。」

而當我們逼近了所有聲音的來源，由上往下看到了全部的景色，我們都安靜了下來，因為，我們看到了真面目，那個讓人全身乾掉異獸的真面目。

蚊。

比人類手掌還要大的蚊類，數以萬計，在叢林中飛舞，發動毫無破綻，毫無生還餘地的圍攻。

這樣的蚊，頭上長著一隻角，高速震動著翅膀，那讓我們疑惑的奇異鳴聲，就是這些蚊子發出來的。

「蚊子？」劍僮張大嘴巴，「這蚊子也太大了吧！」

「這不是一般的蚊子。」我回答。「如果我沒猜錯，這也是一種山海經異獸，牠叫畢奇。」

「是，畢奇被形容成頭上有單角，喜愛群體行動，原本以為是飛鳥，但沒想到，其實是一種類似蚊子的昆蟲。」徐奕看著下方，那營地中，不斷逃竄的人們，他語氣帶著難掩的震撼。「只是，牠比一般的蚊蟲，實在厲害太多了！」

「鑄劍師父，這一團……」劍僮在我旁邊小聲說，「好像是吳國？」

是，這一團，毋庸置疑的，就是吳國。

也就是我曾經打造隕鐵的南方霸主之一，吳國。

吳國的劍，算是諸國劍中，體型大小最勻稱的，當時我設計這些劍的概念，不求最耐用，不求最堅韌，也不求最鋒利，我求的是「均衡」。

當不追求第一名，每個特質都可以拉上到第二名，如此的劍，擁有高度的適用性，每個士兵都可以快速上手，減少訓練時間，讓士兵可以快速上戰場，更為吳國的霸者之路，提供了不少貢獻。

「帶頭的是寧啊。」我眉頭皺起，嘆了一口氣。

寧，是我在吳國認識的採礦師之一，他採礦功力高絕，擅長在山中隱匿身形，曾經替吳國找到不少重要的礦脈，如今，他替吳國帶隊找隕鐵，卻即將面對生命中最大的挑戰，凶獸畢奇的圍攻。

不過，有件事我不懂，寧生於山長於山，算是山中的隱藏高手，也就是一路上我們都沒遇到他吳團的原因，他為何會在這裡失手，讓畢奇找到了蹤跡？

我的疑惑尚未得到解答，前方戰況變了。

幾個吳國劍客將寧包圍在中間，然後拚命用劍擋住猛攻而來的畢奇，他們在替寧爭取時間？

只見寧咬著牙，一抖包袱，抓起裡面幾個形狀特殊的小木棍，然後嚓的一聲，木棍燃起。木棍燃起，一股奇異的氣味，立刻順著風，往四下飄散。

一聞到這氣味，一旁的徐奕露出讚嘆的表情。「這是膽黃香？好傢伙，高手，用氣味驅蚊啊。」

膽黃香化作細微塵煙在樹葉間飄散，很快的對畢奇發揮了功效，畢奇的飛行能力嚴重減慢，攻擊力也跟著下降。

許多的畢奇速度減慢，吳國劍客們紛紛拔劍而上，噌噌幾聲，數十隻畢奇瞬間被斬落。

「寧叔，好像贏了？」劍僮的拳頭緊握，語氣緊張。

「嗯。」徐奕皺眉。

而就在此時，寧抬頭發現了我們，他先是一愣，然後對我和劍僮露出了笑容。

「鑄劍師，您來了。」寧邁開步伐，朝我們而來。「上次吳國一別，很久不——」

「寧！別動！」我提氣一吼。

「什麼？」

「你的背上，有一隻畢奇！」我咬牙。

「我的背上……」寧的腳步一頓，同時，他的背，果然慢慢爬上了一隻畢奇，而牠巨大且尖銳的喙，正慢慢的在寧的肌膚上梭巡著。

「射牠！」我吼，我和劍僮的劍，同時直射而出。

森林中，兩柄銳利的銀線，精準無礙的，在寧的背部交集。

噌的一聲，畢奇的身體被兩柄劍貫穿，劍勢未盡，更將這隻畢奇，直接釘入樹木之中。

「寧，」我才說了一句話，卻馬上噤聲。

因為我看到了寧的臉色慘白，而他的背，剛剛畢奇停駐的地方，多了一個小拇指大小的孔。

畢奇，最後還是把毒針扎進去了嗎？

「真是超毒，」寧的身體開始搖晃，「真是山海經中的凶獸，叮……叮一口，就……要人命……」

「寧……」我看著他，他臉上的血色盡失，背部的傷口開始浮腫，而且發藍泛紫，一看就知道毒已經開始猛烈擴散了。

而我當抱住了跌倒的寧，想要想辦法阻止毒氣擴散，寧卻抓住了我的手，慢慢的搖了搖頭。

「鑄劍師，終於見到你了，你知道嗎？吳國的採礦師們，都很想念你。」寧笑了，原本消瘦的臉，開始浮腫，「因為只有你，才能把我們的礦石，發揮到最完美的境界。」

「別說話了，一說話，毒會擴散得更快的。」我咬著牙。

「沒救了，我知道，但我想和你說的是，是吳國對不起你。」寧搖了搖頭，對我一笑。「而專諸那一戰，真是漂亮，」

「嗯。」

「如果還有機會，我會希望是我淬鍊出隕鐵，再給你……再給你……打造成一把魚腸……」寧笑，「您不要對蒼生失去信心……您的劍……是要創造時代……」

「嗯，創造時代……」我閉上了眼，因為說完了最後一句話，寧已經斷氣了。

我看著寧，他已經沒了氣息。

畢奇好毒，只扎了一針，就讓人完全斃命。

「老友，該走了。」徐奕的手，放到了我的肩膀上，「畢奇太厲害，膽黃香雖然已經算是猛烈的驅蚊香了，但卻無法完全抑制牠的行動，等膽黃香一退，我們也會有危險。」

「嗯。」我看著寧，他是我見過最好的採礦師之一，但終究沒能過隕鐵這一役。

這也是天命的一部分嗎？這樣的天命，是否太令人哀傷了呢？

「走了。」徐奕手一抖，他也有膽黃香，在他手上膽黃香的濃烈藥氣之下，我們緩緩的退離了這個戰場。

吳國團，被完全殲滅。

目前競逐隕鐵的隊伍，只剩下三個：我們、甘將團，以及尚未露面，甚至不確定是否存在的，越國團。

也就在那一晚，我生起了火，沉默的喝著涼茶。

直到，劍僮坐到了我的身旁，「師父，我知道你在想什麼……」

「我在想什麼？」我注視著火焰。

「你在想，寧叔叔這麼熟悉山的一切，又是採礦師中的高手，怎麼會驚動畢奇，對吧？」

「嗯。」

「其實我也想不通。」劍僮歪著頭，看著我。「師父，畢奇究竟是怎麼發現寧叔叔的？」

「我本來也不懂，但，當我發現了這個……」我從口袋中，翻出了一個黑蟲的屍體。

這蟲有些類似甲蟲，但黑色的甲殼上卻有著一彎美麗的白月，美麗中帶著些許詭異。

「這是？」

「飛簾。」

「啊？」

「所以，根本不是寧驚動了畢奇。」我閉上了眼，「而是飛簾驚動了畢奇。」

「這飛簾驚動了畢奇，又怎麼會害到寧叔……啊！」劍僮雙手蓋住嘴巴，「所以我們一開始才會看到那個……揹著甕的陌生人？」

「嗯，唉……」我搖頭。「為什麼呢？就是在如此深的山中，人仍不肯放過彼此呢？」

為什麼呢？在如此深的山中，如此險惡的環境中，人們，還是必須互相陷害呢？

今晚，這座山，有三處燃出悄悄的火光。

三處火光，距離隕鐵墜落之地，都只剩下一日一夜的距離。

近到，足以短兵相接的距離。

就在這個夜晚，就在我們即將抵達隕鐵墜落處的這個夜晚，我睡到一半，忽然驚醒。

我手一竄，快速握住了旁邊的劍。

眼前，一個朦朧的身影，對我笑了。

「過了這麼多年，你還是這麼機警，難怪太子光派了這麼多刺客殺你，結果一半的刺客無功而返，而另一半的刺客……」對方坐在離我約二十步的距離，胸口倚著劍，笑得開懷。

「則再也沒有人找得到了。」

而那柄劍，我認得，該死的認得。

劍身的長度比一般的劍長了半截，但最後半截卻只有原本劍體的一半寬度，劍刃的一邊佈滿了凹凸不平的凹槽，乍看之下，這是一柄殘劍。

但，就是這柄殘劍，破了我所鑄的短劍，讓那個想要回家的男人，命喪戰場上。

更該死的是，我不只認得這柄劍，我還是這柄劍的鑄造者。

所以我清楚，這壓根就不是一柄殘劍，這是一柄專門剋制其他長劍的凶兵，殘劍既然現身了，它的主人，自然就在我的面前。

「范蠡。」我慢慢的起身。「沒想到，這趟危險的採礦之旅，你會親自出馬？」

范蠡，人稱范將軍，更有人說他是春秋戰場上的「軍鬼」。

吳國有「軍神孫武」，而越國有「軍鬼范蠡」，這兩人在戰場上同樣以詭譎豪邁戰術著稱，且縱橫戰場多年未嘗一敗，每個人都在問，當軍神遇到了軍鬼，兩人的對決誰勝誰負？

「不瞞你說，我是為了你而來的。」火光中，范蠡臉上那條長疤隱隱約約，「因為我知道這塊隕鐵，肯定會把你引出來。」

「所以你是來找我的？」我淡然一笑，「難不成，你也是來殺我的？」

「坦白說，有想過這個念頭。」范蠡笑，「但我發現，要殺你不易，我可能會賠上一條命。」

「呵。」我瞪著范蠡，「所以呢？」

「其實，我是來遞帖子的。」

「幹嘛，你要大婚啊。」

「你很會裝傻嘛，鑄劍師。」范蠡大笑，「這帖子，當然是戰帖。」

「戰帖，你要下給誰？」

「你也認識的一個人。」

「誰？」

「吳國的，孫武。」

「喔。」

這一刻，我看著火光中，范蠡的眼睛，好霸氣的眼睛。

軍鬼，竟然想要挑戰堂堂軍神啊！

「孫武成名在先，軍神之號縱橫南方大陸，大破歷史悠久，兵力浩大的楚國，又往北部逼迫晉國和齊國，將吳王的聲勢推到頂峰，」范蠡霸氣的笑著，「同樣身為戰場上的軍師，我想和他一戰。」

「你要和他一戰還不簡單？越國發兵攻吳就好了啊。」

「鑄劍師，你是故意裝傻的吧？」范蠡一笑，「兩國戰鬥豈是易事，如果沒弄好，可是滅國之禍，更何況，吳與越兩國還沒分出生死的時間，這時候纏鬥，只會便宜了楚和秦等國而已。」

「所以，你要怎麼和孫武對決？」

「劍。」范蠡笑容中，含著難掩的興奮。「當然是劍。」

「嗯。」

「傳說中孫武愛劍，更是萬中選一的用劍好手。」范蠡看著我，「我想和他進行一場比試，不用士兵，不沾鮮血，只分勝負，不要枉送士兵的性命。」

「嗯。」

「但我需要你，這是我與孫武的劍鬥，是劍的對決，也是鑄劍師的對決。」

「哼，我幹嘛幫你？」

「你一定要幫我。」范蠡繼續笑，「因為我和孫武都是最頂尖的軍法家和劍法家，能替我們鑄劍，是一種千載難逢的機會，如果你錯過了，肯定會遺憾一輩子。」

「頂尖的軍法家和劍法家？這種話你也說得出來？」

「鑄劍師，我了解你，我知道你一定會來的。」范蠡一笑，「畢竟，這場比試不用真刀真槍的戰場對壘，這樣不用多傷人命，這樣的誘因，還不能引誘你加入嗎？」

「嗯。」

說到這，范蠡拿起了殘劍，慢慢起身，眼神望向了一旁仍在熟睡的劍僮。

「你徒弟？」

「算。」

「她的功夫不錯，眼力也不賴，頗有你的風格。」范蠡笑，「另外，鑄劍的功夫似乎也不賴，已經遠超過一般的鑄劍師了吧？」

「哼。」我哼了一聲，「學會我的功夫有什麼好？」

「當然有好啊，春秋這個亂世，如果沒有鑄劍師，真是會很寂寞哩。」范蠡笑，越是笑，越是往後退去，整個身形已經完全隱沒在黑暗的叢林中了。「我走了，放心，我對隕鐵沒興趣，命運掌握在自己的手上，我不相信天命這種鳥事。」

命運掌握在自己的手中嗎？當范蠡退入了黑暗中，他那兼具邪氣與智慧的一抹冷笑，卻仍殘留在夜影裡。

「孫武與范蠡，軍神與軍鬼嗎？」我躺回了地鋪上，眼神看著天空閃爍的星光。「哼，如果不興起戰爭，只是鑄幾把劍來玩玩，那倒是還好啦。」

第二日，我們再度收拾包袱，踏上了隕鐵的最後旅程。

越是靠近隕鐵，越可以感覺到周圍的風草樹木已經發生了變化，那種不甚清楚，但卻能讓人感受的細微差別。

土地的顏色，風的味道，樹葉偏轉的方位，甚至是溫度，似乎都因為靠近了隕鐵，而發生了細微的異變。

就是這樣的異變，才引來山海經中的異獸吧。

「通往隕鐵，只有兩條路，一條是南峰，一條是北峰。」徐奕手比前方，那是一座路程蜿蜒的山峰。「而且按照我的觀察，這兩條路，分別盤據著一種異獸。」

「你是說，一條是猙的地盤，一條是畢奇的領地嗎？」徐若問。

「正是。」

「越國團已經確定不參與這場隕鐵爭奪戰，那就剩下我們和甘將他們。」我則一旁沉吟，

「所以，我們會各遇到其中一種？」

「就是這樣。」徐奕一笑。「老友，你怕了嗎？」

「怕？」我也一笑。「徐奕老友，我們可是半斤採礦師與八兩鑄劍師，當我們合作，還有什麼好怕的？」

「哈哈哈，說的也是。」徐奕手一揮。「咱們半斤與八兩，要合併出擊了。」

要合併出擊了。

只是在當時，我內心卻湧現一股強烈的不安，這一次，難道會是半斤與八兩……最後一次合作嗎？

我們遇到的，是畢奇。

就算全身塗滿了徐奕拿出的七草混合香，讓我們暫時不會被畢奇發現，我們仍不敢再前進。

「再往前，就是畢奇的巢穴，預計數十萬隻畢奇盤據之中，我們就算身上塗著山藥汁，

肯定也會驚動牠們，引發牠們全面攻擊。」徐奕皺眉。

「那該怎麼辦？」劍僮拉著我的袖子。

「對啊，鑄劍師老友，你怎麼想？」徐奕把眼神移向我。

「老友，你心中早有答案吧，你是考較我來著嗎？」我淡然一笑，「要抓畢奇，得先抓王。」

「沒錯，蟲類會群聚，其中必有領袖，」徐奕呵呵一笑，「我們只要抓領袖即可，但領袖肯定位在畢奇核心，只是我手上的山藥汁，加上膽黃香，恐怕還到不了核心。」

「那該如何？」徐若與劍僮同聲問。

「還有辦法。」我眼神抬起，與老友徐奕的雙眼對上。「你要我出馬，對吧？」

「是，要對付群蟲，除了氣味，還有一個絕招。」徐奕眼神中閃爍著光芒。「就是聲音。」

「所以，」我淡然一笑，「你要我創造出，專門驅蟲的金屬敲擊的聲音……」

「是。」

「你的氣味，我的聲音，看樣子半斤和八兩，這次真的要合作了啊。」

決定戰略之後，所有人停下紮營，劍僮則展現輕巧身手，去抓了幾隻畢奇在我的面前，我則從包袱中找來簡單的鑄劍工具，開始試音。

沒錯，就是試音。

不同的礦石，擊打我手上的劍，工具，配上不同的力道、角度，以及節拍，創造出不同的聲音，並觀察這些聲音對畢奇的影響。

聲音的變化，需要極為驚人的耳力與觀察力，幸好，這原本就是鑄劍師的工作。鑄劍師，在鑄劍的時候，原本就必須透過鎚子擊打劍的聲音，來判斷劍的熟成狀況。任何細微的聲音，都逃不過我的耳力。

「師父，畢奇有反應了。」劍僮面露驚喜。「這聲音有效！」

「是嗎？」我收起了劍，看著最後匹配出來的礦石與短劍。「用劍鋒去擊雪岩石，引發劍鋒震動的低鳴，會干擾畢奇嗎？」

「低鳴……」劍僮眼睛一亮，「難道是與畢奇翅膀震動的頻率有關？」

「不錯，看樣子這些畢奇，是用翅膀震動的低鳴在傳遞訊息，」我看著劍僮，一笑，這小妮子腦袋越來越靈光了。「那我們就用這聲音，加上徐奕的山藥汁和膽黃香，硬闖畢奇巢穴吧！」

「在進入畢奇巢穴之前，有件事仍須提出來。」徐奕看著我們三人。「我認為，我們不該全部都進去，我們只能有一半的人進去。」

「為什麼？」劍僮和徐若再度發問，又是只有我默不作聲。

「老友，你懂我的意思了吧？」徐奕看向我。

「畢奇巢穴太過危險，」我沉吟，「若分兩組，你是要一個鑄劍師配上一個採礦師嗎？」

「不愧是老友。」徐奕笑，「對，前進到畢奇巢穴的深處，實在太危險，若一組陣亡了，至少還留下一組有鑄劍師與採礦師，能完成採集隕鐵的任務，而且，這樣的組合最好是老少配。」

「嗯。」我沉吟了，老少配？我懂了徐奕的想法，他是想到更遠之處嗎？因為就算殺了畢奇的王，剩下一組人馬仍要和甘將搶奪隕鐵，甚至可能面對第二隻異獸，猙。

在此前提下，無論哪一組人馬，都要留一個老的才行。

這次，我們半斤八兩真的要分開了。

「那我去畢奇巢穴吧。」我起身，順手拿起了劍，「老友，論武藝與劍法，我較你有機會能全身而退。」

「亂說，我徐奕的武藝是差你多少？」徐奕也拔出了劍，「咱們得公平一點。」

「怎麼公平？」

「最公平的方法，讓老天爺決定。」徐奕笑。「抽籤。」

籤，是劍僮與徐若做的，也是牠們抽的。

因為所有人都知道，我和徐奕兩隻老狐狸，若要作弊實在太容易。

而在劍僮與徐若做籤的同時，徐奕沉吟了一會，突然開口。「老友，我一直在想，若我們遇到的是另一組異獸，該怎麼處理？」

「猙嗎？」我回頭看他。

「是。」

「猙之所以高明，是因為牠是夫妻雙獸，雙獸第一隻誘敵，第二隻突襲，夫妻雙獸共生上百年，默契與攻防都配合得完美無間，但……」我慢慢的說著，「但要殺敗猙，還是要回到『夫妻』兩字下手！」

「從『夫妻』兩字下手？」

「誘殺。」我慢慢的說著，「只要誘捕其中一隻，略用手段，另一隻就會因為擔心對方而失了分寸，牠們兩隻感情深厚，形同夫妻，肯定不會捨棄對方，這是牠們最強之處，也肯定是最弱之處。」

「嗯。」

「只是，」我嘆了一口氣，「若是我，會希望下手者不要太殘忍，畢竟，牠們雖然是異獸，卻有著比人類更堅定的夫妻感情啊。」

「是啊。」徐奕說到這，笑了一下，「這些年來，你還是一樣外冷內熱啊。」

「你不也是嗎？」我也笑了，「如果你是冷酷之人，就不會把徐若撫養長大了。」

「老友，」徐奕沉默了半晌之後，忽然開口。「有一事請託。」

「嗯，說。」

「無論此行的結果如何，若這塊隕鐵到了你手上。」徐奕慢慢的說著，「請你打造一把能替蒼生謀福的劍。」

「為蒼生謀福的劍，何等容易？」我搖頭。

「希望這是一把能誅天下第一暴君，帶人民邁向和平的劍。」

「難。」我搖頭。「最後的命運，決定於天，決定於蒼生自己，我只能盡力而已。」

「盡力，這樣就夠了。」徐奕笑，「這樣就不枉這趟隕鐵之旅。」

是啊，盡力，就夠了。

我看著徐奕，內心卻湧出一股奇異的哀痛。

老友，你是預感到什麼了嗎？為何要交代這些事呢？

籤的結果，徐若輸了。

輸的一方必須留下，而劍僮將與徐奕一組，在混著山藥汁、膽黃香與劍鳴的掩護下，找到這群殘暴畢奇中的王，然後賜予一死。

「小心。」臨行前，劍僮忽然張開手，摟了我一下。

我愣了一下，但沒有閃避，因為我知道這是劍僮很小很小的感情宣洩。

「師父，我會回來。」劍僮低語，「師父，我一定會回來。」

「嗯。」我目送著徐奕走在前面，用手揮灑著膽黃香，而劍僮跟在後面，拿著礦石與短劍輕輕敲著。

而他們前方的畢奇，則受到氣味與聲音的侵擾，如潮水般往兩旁退去。

看著他們身影越來越小，最後消失在如同大霧的畢奇之中。

「鑄劍師父，我師父……他會回來吧？」徐若這小女孩，一直努力維持的堅強形象，一瞬間崩潰。

「……」我沒有回答，因為，我無法回答。

我生平鑄了這麼多劍，看過每個來找我邀劍與求劍的人，他們臉上的神情，總能透露出些許生死的端倪。

而這一次，我竟然在我的老友臉上，找到了一絲讓我無法接受，又讓我悲痛萬分的，死氣。

時間，一分一秒過去，我與徐若只能等待。

忽然，徐若起身，「啊，畢奇的狀況有異。」

「嗯。」我皺眉，對，畢奇的狀態有異，原本乍看之下混亂，但充滿了規則的飛行方式，突然整個慌亂起來。

巨大的蚊子胡亂衝撞，有幾隻甚至不顧山藥汁的氣味，朝我們衝來，當然，牠們近不了我的身，只被我一劍斬碎。

見到這群畢奇瘋狂的四處衝撞，彷彿這一大群畢奇的核心，某件驚天動地的事情正在發生。

「看樣子，」此刻的我，語氣中也難掩興奮。「畢奇的王，被老友殺掉了。」

畢奇這種群體的蟲，之所以可怕，就是因為牠們沒有自身意識，只聽命於位在集團深處，王的命令，所以牠們可以放棄自我意識，衝鋒陷陣，無所畏懼。

但最大的優點往往也是最大的弱點，因為只要有人能深入畢奇團隊，一舉將王殺死，這群恐怖兵器頓時會化為一盤散沙。

「呼…」我重重吐出了一口氣，無論如何，我總是希望徐奕臉上那股不祥的死氣，是我自己的多心了。

「好，接下來就等他們出來了……」徐若回到小女孩的樣子，蹦蹦跳跳。

可是，也就在這歡欣鼓舞的時刻，我看到了畢奇之中，竟然多了一隻形態奇怪的黑蟲。長著翅，類似甲蟲，在瘋狂的畢奇中穿梭著。

「糟。」我瞬間閃過一絲不安念頭，一抽手上的長劍，劍鋒精準的穿過層層亂飛的畢奇，直接刺中那隻詭異的黑蟲。

然後，將劍鋒一轉，將黑色蟲屍轉到了自己的眼前。

這秒鐘，我臉色大變。

「鑄劍師父，怎麼了？」徐若察覺有異，急忙問道。
「這是，」我將蟲屍展現在徐若面前。「飛簾。」
「飛……飛簾？」這一剎那，聰明的徐若，也感覺到事態驟變。
飛簾，不就代表著甘將與長春的團隊，不就代表著……
「走。」我提起劍，再次抹上山藥汁，一咬牙，「我們進去！」
「進去？」
「進去畢奇群的中心，」我大步向前，「為了妳的師父，也為了我形同女兒的徒弟……劍僮！」
只是，就在我們邁步向前之際，我看到了地面上，空中，第二隻、第三隻、第四隻……越來越多的飛簾出現，黑色的身軀混在灰色的畢奇之中，朝畢奇群的中心飛去！
看到了飛簾，我想起吳國採礦團，老薛的死法，心中一急，更是提劍往前衝。
但我沒衝幾步，眼前一個人影已經出現了。
老徐。
背上扛著劍僮的徐奕。
「老徐……」我看著徐奕，他對我溫和一笑，然後把背上，已經昏迷的劍僮交給了我。
他沒有說話，但我已經看到了他手臂上，那密密麻麻，畢奇扎過的針孔。
「你不說話，是因為一說話，真氣一瀉，馬上就會毒氣攻心嗎？」我語氣顫抖。
徐奕身受這麼多畢奇毒針，一定痛不欲生，但他表情卻無比的祥和，聽了我的話，只是緩緩點頭。

「你和劍僮已經成功殺死了王，但卻被飛簾擾亂，誘發畢奇發動猛烈攻擊，所以沒能全身而退，對吧？」我握著這個相交十餘年老友的手。「你比劍僮更早發現事態嚴重，於是……」

徐奕看著我，淡然一笑。

「於是，你將身上所有的山藥汁、膽黃香，一股腦全部都倒給了劍僮，因為畢奇來得太兇猛，這些藥不夠兩個人使用？」我慢慢的說著，語氣已經略微哽咽。「你怕劍僮反抗，還趁機擊暈了她，也許你希望她昏迷，因為她一亂動，更會招惹畢奇的圍攻，對吧？老友。」

徐奕看著我，眼神帶著些許敬佩，似乎佩服著我，雖然沒有親眼目睹，卻能說得這樣清楚明白。

「老友啊老友，」我咬著牙，「我欠你一次，你最後的遺願是什麼？說出來，我一定替你完成。」

徐奕看著我，然後淡淡的笑了，他把眼神移往了我背後，那個已經哭得像是淚人一樣的女孩，徐若。

「好。」我懂了。「我答應你。」

徐奕此刻是在託孤了。

託一個叫做徐若的孤。

然後，徐奕又把眼神移向了山頂，隕鐵的墜落之處。

「好。」我狠狠咬牙，又下了第二個承諾。「我也答應你。」

那是一個比徐若更巨大的承諾，那就是拿到隕鐵，然後打造出一把讓天下暴君害怕的劍。
這樣的劍，何等沉重？
然後，徐奕笑了，咧嘴笑了。
接著，他張開嘴，說出了他人生最後一句話。
「老友啊。」徐奕緊緊握住我的手，笑得好開懷，笑得好釋懷。「你中計了，中我的計了，
你終於要再一次為天下蒼生鑄劍了。」
「中計了，是啊，老友，真的是中了你的計。」
「我的半斤，要交到你的手上了。」徐奕大笑，「現在，你自己就是半斤八兩啦！」
徐奕大笑著，越是笑，聲音卻越是微弱，直到，我感到徐奕的手一鬆。
那曾經溫暖厚實，曾經握住無數礦物的手，此刻，快速的，殘酷的，轉為冰冷，最後變
得僵硬與陌生。
我咬著牙，然後吸足了一口氣。
「徐若，妳現在可以照顧劍僮嗎？」我說。
「可以。」徐若看著我，那雙飽含了淚水的大眼睛，眨動著。
「妳在這裡等我，我要上山一趟。」我揹起了劍，遙望著山頂。
「鑄劍師父，你……」
「我去，把隕鐵拿回來。」我淡然一笑，這一笑雖然淡然，但我的內心卻是無比震盪。
「鑄劍師父……」

「徐若，妳的師父，真是太奸詐了啊。」我雙腳邁開，開始飛騰，「真是，太奸詐了啊！」竟然死了，把為天下蒼生鑄劍的事，丟給了我？

老徐啊老徐，這件事，不該是我們半斤八兩一起完成的嗎？不該是，我們一起完成的嗎？

奔騰中，我想起了數十年前，我的拜師。

我的師父是一個雲遊的鑄劍師，他的劍呈墨黑色，沒有任何鋒刃，與其說是劍，不如說是一柄尺。

墨尺上，師父還細細的劃上了刻度，師父說，這樣丈量任何東西都方便，鑄劍前，透過丈量，更可以打造出精準的劍。

這個拿著墨尺的奇怪師父，不只教了我怎麼鑄劍，其實，他教我的，是如何用劍。

要懂用劍，才會鑄劍，這是基本。

於是，我在他身上，不只學了鑄劍，更多的，是學了怎麼用劍。

也許師父這輩子都與劍為伍，他形容一個人，都用劍，像是大劍，小劍，殺手的劍，防身的劍，裝飾用的劍，以及炫耀財富但是沒有半點真材實料的珠寶劍之類的……

我記得當他將所有的技法傳授給了我，要繼續往東方雲遊時，曾經說過：「你啊，就像是一把兩鍛劍。」

「兩鍛劍？」我聽不懂。
「有一種劍，在鍛造時用了兩種截然不同的技法與鑄造方式，就被稱作兩鍛劍。」師父笑，「你外層的劍，用的是冷鍛法，不加高溫，純以鎚功一下一下打造，這樣劍的外層看起來很冷，帶著寒氣，是一種不近人情的劍。」
「嗯，那第二鍛法呢？」我看著師父，師父把人比喻成劍，其實很可愛，只是如果比喻的不是我，那會更可愛吧？
「第二鍛法，講的是你的內心。」師父看著我，「你的劍芯，卻是高溫鑄造，以高溫將金屬液一口氣成形，這樣的劍，一體成形，會留著高溫的紋路，同時因為沒有外力鑄造的痕跡，所以很純淨，是一個很火燙，很純淨的內在。」
「嗯，所以師父你的意思，就是我外冷內熱？」我嘆氣，師父是好人，就是比喻起來太囉唆了。
「哎啊，被你識破了，我就是這個意思啦，哈哈。」師父大笑，轉身就要走。「師父說完了，該去雲遊了，下一國去哪呢？去魯國好了，聽說那裡有一個姓孔的很適合聊天。」
「師父慢走。」我謙恭的說。
「對了，」師父走了兩步，卻像是想到什麼似的，止步，然後回頭。「有件事，我忘記說了。」
「嗯，請說。」
「兩鍛劍，終其一生都必須背負著坎坷命運，因為他不是冷劍，也不是熱劍，永遠找不到歸屬，但，為什麼有兩鍛劍，你知道嗎？」

「為什麼？」

「因為，兩鍛劍是最強的劍，他同時擁有冷劍的剛性，與熱劍的韌性。」師父表情難得嚴肅。「最強的時候，就是當冷與熱，剛與韌，彼此合一的時候。」

「嗯。」這段話，讓我沉默了。

冷與熱，剛與韌合一？

一柄劍的內外層，要如何合而為一？

「這些話，你就沒辦法簡化了吧，哈哈哈，我就說我是師父，果然比較厲害吧！」師父大笑，然後轉身就走。

看著他的背影，這剎那我笑了，師父，我會想念你，不只是你的鑄劍技術，還有，你那又奇怪又可愛的個性啊。

然後，我跪下，額頭觸地，用力磕下了三個響頭。

師父，請您慢走。

在山間騰越之際，不知道為何想起了師父那柄墨劍，還有他瘋瘋傻傻的個性，在亂世優游的歲月，是否也要瘋癲一點，才能過得開心？

但我的回憶，很快就被迫結束了。

因為，眼前已經出現了甘將與長春的團隊。

我看見了他們團隊中，綁著一隻全身都刺滿了長劍，彷彿經歷了無數酷刑而死的猙。

我嘆氣，猙果然被他們擊敗了，而看到這隻猙的死狀，甘將果然用了和我相同的計謀，以第一隻猙誘出第二隻猙，但手段……卻又比我想像中殘忍了好幾倍。

猙，這對夫妻雙獸，生於同山，死於同穴，絕對不可能捨棄對方而逃離，所以當一隻受困，另一隻就算犧牲生命也不可能逃離。

所以，猙死了。

死了一隻，就是兩隻都死了。

但，看到猙的狀況，我只是嘆氣，真正讓我提劍而來的，卻是為了另外一件事。

老徐。

為了他的死因，為了他死前的計謀，為了這塊隕鐵。

所以我來了，我這個鑄劍師，親自拿劍來了。

這剎那，甘將彷彿感受到了我的劍氣，猛然轉頭。

他接觸到我的目光，感受到我手上猛烈的劍氣，他臉上頓時滿是驚怒。

「所有人，放出飛簾！拿出劍，快！」甘將聲嘶力竭的狂吼，「該死！這傢伙比猙強上百倍！該死啊！」

師父，我要和你說，你的目光真的很準。

當我內外合一的時候，當我炙熱的內在感染了冰冷的外表，我真的會很強。

真的會很強。

真的。

半日後，當我再次出現在徐若面前，她表情好訝異。

「鑄劍師父……你身上都是血？」徐若眼中，帶著些許擔心。

「是嗎？去處理了一點事，讓人受了傷，自己也受了點傷。」我淡然一笑，然後順手把手上的石頭，鏗的一聲，放在徐若面前。

「這是？」徐若臉色一變，以她繼承了老徐的採礦眼力，當然知道眼前這毫不起眼的石頭，究竟是什麼？

隕鐵。

看似平凡，內涵卻飽含著奇異的光澤。

這些奇異的光澤，若是遇到高明的鑄劍師，就會將其蛻變為撼動時代的奇蹟。

無論這樣的奇蹟，對蒼生來說，是幸？或是不幸？

「妳想會是什麼？」我笑了一下，拿出手絹，沾了水，在自己的臉上擦拭。

「鑄劍師父，你，你，你一個人，去把隕鐵拿回來？」徐若表情好訝異，「你，你，你還好吧？你有遇到甘將，長春他們嗎？」

「當然遇到了。」我繼續擦著臉，手絹被我身上的血給染紅了。

幸好，那些血絕大多數，都不是我的。

「那……」

「我說服他們了，」我笑了一下，「有點難溝通，但後來還是被我說服了。」

「呃。」徐若滿臉不信。

當然，我沒說出來的是，被我說服的人，大多再也不能說話了。

在當時，我提著劍，穿梭在二十餘人的秦國團內，我不浪費時間，只刺要害，轉眼間，二十餘人去了一半。

然後，我眼前一片黑，飛簾，飛簾，飛簾來了。

我沒有怕，我只是抽出了第二支短劍，然後兩劍交擊，用力互擦。

摩擦時，聲音卻是異常的細，所有人一愣，然後笑了，繼續持劍朝我殺來，但我也笑了。

因為這雙劍摩擦聲，一直都不是給人聽了，該聽的，是正在我面前飛舞的那些小傢伙。

飛簾。

聲音起，所有飛簾頓時驚恐亂飛，不只亂飛，更是瘋狂反噬他們原本的主人，秦團的手下雖然急忙拿出了控制飛簾的香料，但卻都被我的劍快速擊落，轉眼間，瘋狂的飛簾在他們身上亂咬亂啃，就要將他們化成一個千瘡百孔的枯骨。

只是，正當我勝券在握之時，我的劍卻陡然感到戰慄。

我回頭，看見了那個男人，然後我懷著怒意，笑了，我甚至聽到我的劍也同樣笑了。

「甘將。」

我們兩個的劍交鋒，走過數十招，都沒有傷到對方。

「您老果然厲害。」甘將握著劍，深深吸氣。「我們秦團一路擊敗其他的採礦團，更以詭計殺敗猙，沒想到，憑你一把劍，就差點將我全部殺盡？」

「嗯。」我沒有說話，但令我微微詫異的是，剛剛那輪交手，甘將竟然能與我勢均力敵。

鑄劍師的戰鬥，不只講力量，不只講身手，還講對方兵器的觀察力。

我試圖要在甘將的兵器中找出弱點，一擊必殺，但對方也是如此。

「我敬佩您，但很抱歉，這塊隕鐵是我的，我一定會鑄出超越您魚腸的劍。」甘將一吼，提劍衝來。

然後，我淡淡的笑了，手一轉，將劍柄朝著甘將，劍鋒朝著自己。

「劍無鋒，就是何處不可為鋒。」我淡淡的說，「這叫做絕。」

就在這一剎那，甘將看到我擺出的姿態，彷彿野獸感受到更巨大的恐懼，腳步一頓，急忙退後，而我的劍，也同時出去了。

劍無鋒，就是何處不可為鋒，為之絕。

甘將，請記住。

這是前輩給你的提醒，如果你能活著離開這裡，請記住這句話。

如果，你還能活著離開這裡的話……

場景，拉回現在，我正站在徐若的身旁，而劍僮也已經轉醒，正聽著我訴說著半日前驚險的戰鬥。

「那甘將死了嗎？」劍僮小聲。

「沒死，這傢伙天分好高，那剎那領悟了絕的可怕，急忙閃避，被我刺傷了背，只是……」我抬起左手，也是一道觸目驚心的劍傷。「我也被他回刺了一劍，這傢伙當真厲害，未來若是遇到，真要提防。」

「嗯。」這時，劍僮像是想起了什麼，再問道：「那甘將他……」

「逃了，與採礦師長春一起逃了。」我搖了搖頭，「我是鑄劍師，不是殺人魔，只要不阻撓我，我都會留下性命。」

「那，那你有看到泰逢神嗎？」

「不太算。」

「不太算？」

「我只看到隕鐵旁被人用石頭排了一個字，也許是路人樵夫留的，也許是泰逢神留的，」說到這，我微微一頓，「也許都不是，也許是某個我認識的……奇怪傢伙留的。」

「你認識的奇怪傢伙？」劍僮忍不住再問。

「沒事。」我搖了搖頭，我認識的奇怪傢伙裡面，能穿過層層異獸，能領先於我和甘將的鑄劍師，只有一個，就那麼一個……

那個拿著墨尺，不正經的老傢伙。

「那字是什麼？」徐若問。

「始。」我吐出了一口氣，「被人用小石頭，排上了一個始字。」

「始？」劍僮和徐若同聲問，「這是什麼意思？」

「……」我只能聳肩。

「始，講的是開始嗎？」劍僮先說，「也許是說這塊隕鐵能開啟新時代？」

「始，女字旁，也許這塊隕鐵和女人有關？」徐若也說。

「……」我依然搖頭，這字太過高深莫測，劍僮和徐若說的，也許都對，但也許都錯。

「又或者，這隕鐵煉成的劍，將來會要殺有始名字的皇帝？」這時，我突發奇想。

「哈哈，師父！」聽到這，不只劍僮，連因為徐奕死去而悲傷的徐若，也微微笑了。「這推論，就有點過頭了喔。」

「是啊。」我摸著這塊隕鐵，面露微笑。「也許真的有些過頭了。」

此刻的它，那股吸引著山海經異獸，吸引著鑄劍師與採礦師，那奇異且洶湧的天地之氣，似乎暫時止歇了。

現在的它，像是在等待。

等待一個人，將它鑄成了劍，然後又有一個人提著劍，隻身走向千軍萬馬，隻身走向壯麗雄偉的帝王皇殿。

隻身面對一個君臨天下，統一諸國的絕對強者，絕對暴君，絕對帝王。

這刺客的背影有點像，一點點像，那個令我懷念，魚烤得超好的男人，專諸。

「始……」我閉上眼，「也許，那真是一個名字裡面有『始』的帝王呢。」

一個月後，我與劍僮回到了劍寮，路途中，找了一個安全之地，將隕鐵給藏了起來，要煉化這塊鐵，我需要時間準備不同的礦石，不同的煉爐，甚至是適合的時節，因為它是隕鐵，稍微出了差錯，就會毀於一旦的尊貴之物。

由於不急著熔煉隕鐵，所以我和劍僮又恢復了本來的生活，安靜的待在劍寮內，等待著邀劍之人，然後等待著一個又一個與劍相關的故事。

而徐若呢？她平靜的接受了自己師父死亡的事情，也許長年在山中的她，看過了太多採礦師死亡，抑或，在這個戰爭的時代，死亡變得太普遍，所以悲傷變成了一種奢侈。

不久後，徐若又開始提供我各種礦石，坦白說，品質還真的不輸給徐奕，老徐這徒弟還真是教得好，難怪他能走得這麼心平氣和，還順便擺了我一道，把蒼生這個麻煩的東西，丟給了我。

而甘將呢？關於甘家的消息，我倒是留意了一下，甘家與秦國的關係越來越密切，而秦國也越來越強大，佔據西疆的秦，已經隱然展現與中央晉國抗衡的驚人潛力。

甘家的第七子，竟然能躲掉我的劍，將來肯定會是一個厲害的人物，或者說，將來肯定會再碰頭吧？

他的資質很夠，也許會成為下一代的鑄劍師。

最後，這次的尋隕鐵之旅，讓我掛心的事還有一樁，那就是范蠡的殘劍。

在南方諸國中，被喻為軍鬼的范蠡，正率領著越國展現驚人的實力，氣勢隱隱可以和吳國的軍神孫武抗衡。

軍神對軍鬼嗎？看樣子，這池渾水，我也被攪在其中了。

這個春秋戰國時代，究竟會走到哪裡呢？身為鑄劍師的我，好像真的無法置身事外啊，唉。

唉，唉唉唉唉唉唉唉……

唉。

第六劍，巳之劍。

所謂的鑄劍師，是從鑄錯一把劍，害死一個人開始的。

這男孩跪在劍寮外邀劍，已經邀到第十日了。

但，我不給劍，就是不給劍。

「鑄劍師父，請替我鑄把劍，我要報我父兄之仇。」這男孩跪在劍寮外，十日以來，任憑外面的酷曬與暴雨，他都不肯離開。

「……」我沒理他，只是專心的鎚著自己的劍，噹！噹！噹！一聲接著一聲，我看著自己手上的鐵慢慢形成一把劍。

「鑄劍師父，這裡有錢，我流浪了三年，每日不睡，拚命的存錢，就是替我父兄報仇，」男孩堅定的咬牙，「但我的仇家懂劍術，所以我殺不死他，所以需要一柄劍，一柄可以替我報仇的劍。」

我依然不理他。

而就在這時候，我身邊多了一個纖細的身影，縱使穿著破舊寬大的袍子，仍難掩她是由妙齡女子裝扮而成的，劍僮。

「師父，這男孩好可憐，他已經跪了足足十天了……」劍僮語帶憐憫。

「是嗎？」

「他也是一片赤誠，因為他父親和兄長都被仇家暗算殺掉了，只是因為一些生意上的爭執，師父，你也許該替他鑄把劍……」

「是嗎？」我冷笑一下。

「師父，你不是教過我嗎？我們鑄的其實不只劍，還包括人心，人心需要公道，如今就是我們用劍展現公道的時候了，不是嗎？」劍僮看著我。「師父，你為什麼一直不理他啦？」

「替他鑄劍，讓他報仇？」我停下了我的鎚子，抬起頭，看著劍僮。「不只人挑劍，劍也挑人，有些人是不能給他劍的，懂嗎？」

「為什麼？」

「因為他不適合劍，劍也不適合他。」我說完，不再理劍僮緊皺的眉頭，繼續沉浸在我劍的世界。

劍僮只能雙手扠腰，但她無可奈何。

我知道她無可奈何，至少對我，她真的只能跺腳生氣，只是我沒想到的是，跟了我數年的她，其實已經長大了，已經長大到想要自己做決定了。

那晚，就在我就寢後，劍僮一個人離開了劍寮。

她去找了那個男孩，她帶著滿懷的熱情，將那男孩從地上扶了起來，然後男孩開始訴說著自己悲慘的遭遇，父兄與他經營的是鹽的小生意，在市場擺個攤子，賣些河鹽，勉強求一個溫飽。

只是沒想到，因為市場來了幾個惡棍，向每個攤位收取金錢，男孩的父兄不願意支付，結果雙方起了爭執，一開始男孩父兄仗著身軀強壯，懂一點劍法，佔了優勢，將惡棍打跑，還受到市場其他攤位的敬佩。

只是，隔了幾天後，竟然就變了天。

惡棍懷恨在心，私底下找了七個人來助拳，其中一個還是曾任十夫長的退役軍人，他的劍，是喝過敵軍鮮血的。

他們在一個夜晚，突襲男孩與他的父兄。

會用劍與不會用劍，加上偷襲與被偷襲，幾乎不用打，就知道了結果。

男孩的父兄遭到暗算，雙雙喪命，屍體還被丟在市場裡，所有的攤位又驚又恐，從此對惡棍的要求，再也不敢違抗。

而十幾歲的男孩親眼目睹父兄被殺，因為逃得快，所以沒死，他發誓要替父兄報仇，但他知道那些惡棍的武力比他強太多，他不是對手，所以他要報仇的方式只剩兩種。

第一種，找刺客幫忙，但便宜的刺客殺不了這些會武藝的惡棍，而殺得了這些惡棍的刺客……又貴到遠超過這男孩的能力。

第二種，買把能殺人的劍，這比較便宜，但也花了男孩整整三年的時間，四處流浪工作，省吃儉用，才湊出了鑄一把劍的錢。

湊到了錢，男孩找到了我所在的劍寮，跪求一把能殺人的劍。

這一跪，就是整整十天，但萬萬沒想到的是，我完全不理他。

曾經，我叫劍僮對他說：「去找別的劍寮，南方現在戰爭發達，到處都是私人的劍寮，他們會替你鑄劍的。」

「不。」男孩堅持，「我需要能幫我殺敗那些惡棍的劍，這三年來我四處流浪，更是打聽了整整三年，才從傳言中，找到你們這一家劍寮，只有你們可以實現我報仇的心願。」

「那你就繼續等吧。」我看著這男孩，漠然的說。「我不能幫你鑄劍。」

劍僮聽著男孩說完了整個經過，她同情著男孩的遭遇，更對我的冷漠感到氣憤，所以，她做了一個可能勇敢，也可能鹵莽的決定。

她要親自出手了。

這個劍寮裡面，會鑄劍的，可不只是師父而已啊！

「師父不鑄，那就我來鑄吧。」劍僮是這樣說的，「這些年來我幫著師父鑄劍，我也懂武藝，要鑄出一把殺人的復仇之劍，對我來說，不難，一點都不難。」

劍僮深怕我發現，於是在外頭借了一個劍寮，然後自己拿材料，開始鑄劍。

是的，她的確懂得如何鑄造出一柄殺人之劍。

先觀察男孩身體的結構，了解男孩用劍的習慣，之後來決定材料，要軟劍，硬劍，長劍，短劍，或是特殊的劍，在礦材上就已經決定了七分。

剩餘的三分，就是鑄劍師的功力。

劍僮在這柄劍上，將她跟在我數年的經驗全部發揮出來，她用上了最好的材料，用了最精細的工法，鑄出了一柄最適合男孩的殺人之劍。

如果是我看到這柄劍，肯定會狠狠的唸劍僮一頓，就算不管她的目的與動機，光是她的花費，就超過男孩能支付的百倍。

但劍僮卻不管這些，她想要證明她也能鑄劍，她想要證明她的劍之道，「鑄劍就是人心，劍，就是要給人心一個公道。」

然後，兩個月後，她成功了，她成功的鑄出了一把殺人之劍。

一把能讓男孩武藝提升好幾倍的，殺人兵器。

男孩拿到劍的時候，表情微微詫異一下。「好順手。」

「當然，這是為你鑄的。」劍僮語氣難掩得意。「因為你是左撇子，所以劍刃有略微左彎一個角度，而你的大拇指力量較弱，所以劍柄的紋路也設計得較深，然後重量也考量到你的力氣不足，略輕，就算你揮了一個時辰也不會太累，最後則是材料……」

「材料？」

「這材料稀有且昂貴，硬度很強，一般人若武藝不太強，又拿普通的劍，遇到你的劍，往往沒幾下就會折斷。」劍僮語氣得意，這柄劍每一處都是她的精心傑作，如果不是遇到太強的對手，或是身經百戰的戰士，這柄劍還真稱得上「無敵」。

「另外，考慮你的武藝不太強，建議你的劍路專攻奇襲，也就是所謂的突刺，所以針對直刺的部分，會特別減少風阻，讓你刺起來速度倍增，甚至無聲無息，當你施展奇襲，對方絕對會措手不及……」劍僮越說越得意。

忽然，男孩沉默了。

「怎麼？」劍僮問。

「所以，這不只是一柄可以殺敗惡棍們的劍……」男孩吞了吞口水，慢慢的說著，「也是一柄可以讓我變強的劍……」

「是啊。」

「這是一把……讓我變強的殺人之劍？」男孩眼放異光，瞧著手上這把劍。「只屬於我的，變強之劍。」

「嗯，對啊！這把劍真的能讓你變強！」劍僮沒有察覺到男孩眼中的異光，只是語氣越來越得意。

「真是不錯，不錯啊。」男孩拿過了劍，細細的撫摸著，然後，笑了。

貪婪的笑了。

男孩的報仇計畫，很快就展開了。

當年行兇的七個惡棍中，第一個是死在自家門口，胸口被一劍刺穿。

第二個惡棍死在路旁，他死時身邊有柄斷劍，劍上有著激鬥過後的痕跡，但死因與第一個相同，一個貫穿胸口的劍傷。

也許第二個惡棍聽到第一個同夥死亡之後，有了警覺，但仍死於這刺客的劍下。

然後，三、四、五個惡棍是死在一起的，他們感到這敵手來勢洶洶，所以決定團體行動，但依然擋不住這暴力至極的刺客，三人的劍傷分別在不同的位置，但可以肯定的是，是同一把劍所殺，抑或說，同一個人所為。

短短數日，七個惡棍死了五個，此刻的市場傳得沸沸揚揚，所有人都額手稱慶，大讚惡棍死得好，死得妙，正義之士終於挺身而出。

只是市場們也替刺客感到擔心，因為他們很清楚，若單論武藝，最可怕的正是第六個惡棍。

第六個惡棍，是退役的軍人，甚至參與過與越國的戰爭，還積功當上了十夫長，手上的劍飲飽了敵人的鮮血，當年男孩的父兄，主要就是死在他的劍下。

自視甚高的他，沒有和任何人同行，他一個人走，帶著劍，大搖大擺的走著。

然後，刺客找上了他。

接著，他也步上了其餘五個同伴的後塵，他成了一具屍體。

只是，從地面上凌亂的血跡看來，這的確是一場驚心動魄的惡戰，而且最後決勝點似乎不是武藝強弱，而是劍。

地上惡棍殘留下的劍，被整個擊折，顯然是承受不了如此綿密與長時間的撞擊，被刺客的劍打了折，劍一折，這場勝負很快就分了出來。

第六個惡棍，一個曾經走過戰場，曾經殺過越兵的高手，也沒能逃過這個神祕刺客的劍。

聽到市場這些消息，一直憂心忡忡的劍僮，總算鬆了一口氣。

事實上她不只觀察了男孩的武功，她更花了不少時間去調查這七名惡棍的武藝，她最擔心的，一直就是第六個惡棍。

男孩雖然擁有絕對優勢的武器，但對方可是身經百戰的戰士，男孩一個疏忽，肯定會成為對方劍下的亡靈。

但男孩表現越來越穩，第六個惡棍也沒能活著從他的劍下離開，如今，七個惡棍只剩下最後一個了。

這惡棍雖然擅長詭計與謀略，但實力並不強，所以劍僮並不擔心他能威脅男孩的性命，所以，男孩這場歷時三年餘的報仇之旅，很快就會劃上了句點。

只是奇怪的是，這個只差最後一步就要完成的復仇，卻遲遲沒有動靜。

面對最後一個惡棍，男孩始終沒有下手。

劍僮感到些許不安，她開始懷疑，是否自己的劍出了問題？讓男孩的武藝打了折扣？但隨即又否認了這個可能性，畢竟她鑄劍的手法，學自於一個曾經創造魚腸傳說的男人，不可能那麼輕易出錯。

難道是最後一個惡棍練成了什麼絕世武功？或是像男孩一樣，打造了一把能讓實力大幅提升的劍？但劍僮曾經深夜探訪這惡棍的家，確信這惡棍沒有這樣的能耐。

那，究竟是為什麼，那惡棍沒有死？男孩沒有下手呢？

這困惑在劍僮心底不斷擴大，她急著想找出男孩，但就在此時，男孩開始避不見面，劍僮感到擔心，卻又怕驚動了師父，所以也不敢做出什麼大動作。

不過，就在劍僮等了一個月之後，事情終於有了變化。

原本因為死了惡棍而歡欣鼓舞的市場，再度籠罩在新的恐怖氣氛之中，因為，新的惡棍出現了。

一個戴著鬼面具，腰間繫著一柄劍的男人，站在市場上，開始了他的霸行。

而更令人驚異的是，鬼面具男人旁邊，竟跟著市場上小販們的熟面孔，第七個惡棍，該死而沒死的第七個惡棍。

鬼面具的男人不只是新的惡棍而已，他的霸行更可怕，手段更激烈，幾個小販忍耐不住，想要反抗，其中一個甚至被他當場擊殺。

只見他冷笑著，「你們可知道，之前六個惡棍是誰殺的？告訴你們，就是我。」

所有的小販面面相覷，一片靜默。

「你們懂了嗎？」鬼面具男人獰笑，「我手上的劍，就是新的法律，就是這個市場，包含鹽商、肉商、菜商，還有雜物商，甚至是武器商，都得聽這把劍的。」

所有的小販苦笑，靜默。

沒想到好不容易去了六個壞蛋，又來了一個兇狠的壞蛋，這就是人心嗎？有劍的就是王，就要欺凌沒有劍的人嗎？

鬼面具男人狂笑著，他知道他將完全的統治這個巨大的商場，也就是這個區塊所有的商業收入，他將變得富有，遠遠凌駕於一輩子只能乖乖採鹽、煉鹽、賣鹽的父親與哥哥。

原來，劍的威力這麼強？

一柄劍，就可以改變自己，甚至改變所有人的人生啊！

也就在同一天，劍僮來到了我面前，她低著頭，什麼話都沒有說。

「幹嘛？闖禍了？」畢竟是從小帶她，她這一號表情代表的意思，我一看就知道。

「師父，是。」劍僮低著頭。「我好像闖禍了。」

「闖了什麼禍，說來聽聽。」

「我好像幫了一個不該鑄劍的人，鑄了一把劍。」

「喔。」我眼睛瞇起，「妳幫那個跪在門外十天的男孩，鑄了劍？」

「是。」

「難怪他不再糾纏我了，唉，接下來讓我猜猜。」我說，「妳一定卯足全力，替他造了一柄殺人之劍，然後他拿了劍，完成了報仇？」

「是。」

「可是，他報了仇，卻還不滿足，拿了劍開始作惡？」我慢慢的說著，「他雖然殺了惡棍，結果自己卻變成了另一個惡棍？」

「師父，你……你怎麼都知道啊？」劍僮仰起頭，眨了眨眼睛。

「猜得到啊。」我長長嘆了一口氣。「這男孩雙眼細長，下唇偏薄，是無情無義的面相，就算不管面相，他父兄都死了，他卻能隱忍苟活，表示此人能忍善謀，劍到了他手上，恐怕會失去原本的意義。」

「師父，那我，那我該怎麼辦？」劍僮聲音越說越低，已經語帶哽咽。

「那把劍，殺了無辜之人嗎？」

「……」劍僮咬牙低語，「殺了。」

男孩戴個鬼面具，拿著劍，為了立威，已經殺了市場上的無辜之人。

「已經殺無辜之人了啊。」我這口氣嘆得更長了。「所以，那柄劍已經入了魔，妳必須自己收拾了。」

「我？」

「因為妳是鑄造那柄劍的人。」我看著劍僮，看著她那雙明亮美麗，又充滿了淚光的眼睛。「我們是鑄劍師，若是我們的劍已經入了魔，我們就必須親手處理，這是規矩。」

「嗯。」劍僮用力吸了一口氣，我知道，她已經懂我的意思了。

「去吧，去收拾妳自己鑄出來的劍吧。」我把身子轉回了火爐，繼續打著我的劍。「別讓它再亂下去了，也是給它一個解脫。」

劍僮起身，抓起了掛在牆上，那專屬於自己的劍。

只是，她才走了兩步，就突然停步，用她帶有鼻音的聲音說。

「師父，你知道嗎？」劍僮握著自己的劍，像是鼓起了勇氣，才說出這番話。「你為什麼不問我？」

「問妳什麼？」

「問我為什麼要瞞著你，替男孩鑄劍？」

「嗯。」

「其實，跟了您這麼多年，您教了我很多鑄劍的道理，我比誰都努力，但您總是認為我是孩子，您從來沒有對我的劍點過頭，甚至，從來沒有稱我過一聲，鑄劍師。」

這些年，我如此努力，但師父您，卻從來沒有稱我過一聲，鑄劍師。

從來沒有……

「唉。」我沒有回答劍僮，只是嘆了一口氣。

「我替那男孩鑄劍，也許只是為了證明自己，」劍僮眼眶都是淚水，「但我知道這次我錯了，我會去收拾殘局的，師父。」

「嗯。」

「我去了。」

「劍僮。」安慰人向來不是我拿手的事，我沉默了半晌之後，終於開口。「身為鑄劍師，有件事很基本。」

「什麼事？」

「那就是認出自己的劍。」我慢慢的說著，「就算在黑暗無光的環境，妳必須認出自己的劍。」

「啊？」

「早去早回啊。」說完，我推門，走入了房內。

而門外的劍僮微微頓了一頓，像是在消化這句話，然後才猛然轉身，推開劍寮的門，往外奔去。

那晚，劍僮在一家民戶裡面，找到了那個戴著鬼面具的男孩，還有那個男孩沒殺的第七個惡棍。

這晚，月光黯淡，房裡僅靠一盞燭火照明。

「妳知道嗎，我早就知道妳會來找我。」燭火陰影中，男孩慢慢拿下了鬼面具。

這一剎那，劍僮赫然發現，男孩的臉，已經和她記憶中不太一樣了，那個大雨中誠摯溫和的臉，如今已經變得和鬼面具上的青面獠牙一模一樣了。

好痛，劍僮感到心好痛。

是因為我給了你劍，才讓你變成這樣的嗎？

「所以呢？」劍僮咬牙。

「我想要給妳兩條路走，一條是留在我身邊，替我鑄造更好的劍，因為妳有資質，對了，我還想對妳說，妳算是美人啊，何必老是把自己弄得蓬頭垢面呢？」男孩獰笑。「跟了我，我不只讓妳當跟班，順便讓妳嚐嚐男女之間的歡愉，如何？」

「哼，」劍僮咬牙，「第二條路呢？」

「死在這裡。」男孩回了四個字，斬釘截鐵，殺氣十足。

就是這股殺氣，威震了整個市場吧？

「你會變成這樣，究竟為什麼？是因為他嗎？」劍僮把目光移向了第七個惡棍。

而那第七個惡棍，則回以一個冷笑。

「我不過是告訴了這個男孩，當年我們用了什麼手段控制了市場，就是恐懼和立威，至於要不要做，可是他自己決定的。」第七個惡棍笑得詭異。「我可不像其他六個人那麼笨，笨到和他硬拚。」

「是嗎？」劍僮的眼神移回男孩臉上。「所以，這一切是你自己決定的？」

「當然，劍在我的手上，誰能逼我決定？」男孩繼續獰笑。

「劍，劍，劍……」劍僮輕輕自言自語著，「追根究底，是因為劍？還是因為人心呢？」

「別囉唆了，妳到底要選哪條路？」男孩抽出了劍，比著劍僮，「第一條，跟我；第二條，現在就死。」

「我想選，」劍僮吸了一口氣，「第三條……」

「第三條？」

「就是，」劍僮雙眼綻放堅定光芒。「我要親自收回自己的劍。」

「親自收回自己的劍？」男孩一愣，隨即狂笑，「妳想拿回自己的劍？妳得先問我同不同意啊！如果我不同意！妳就拿命來換吧！」

「是嗎？」劍僮才往前踏一步，正要抽劍，忽然，周圍陡然一暗，所有的光線都一起消失了。

這突然的黑暗，讓劍僮微愣，然後她就懂了，是第七個惡棍捻熄了唯一的燭光，讓這個原本就黯淡的月夜，失去了唯一的光芒。

但，為什麼？劍僮不懂，為什麼要在這時候奪去所有的光線？這對戴上鬼面具的男孩有什麼好處？

然後，一股奇異的戰慄感，忽然湧上了劍僮的心頭。

劍氣。

殺人之劍的劍氣，從黑暗中，宛如一條急速竄出的毒蛇，朝自己撲來。

基於直覺，劍僮急忙側身，然後，一股飽含殺氣的劍光，就這樣在她鼻尖擦過。

驚險。

真是驚險。

「妳真是好狗運，被妳躲過了這一劍。」男孩的聲音，在黑暗中笑著。「妳對這樣的偷襲法，應該很熟悉吧？」

「你！」這一剎那，劍僮懂了，她當時考慮到男孩的劍法基礎不好，須鑽研奇襲劍法，於是將他的劍徹底的減少風阻，更用上了會吸音的礦石，讓男孩的劍不只快而已，更如鬼魅般安靜無聲。

男孩能連殺六個惡棍，這樣的奇襲劍法功不可沒。

「為了對付妳，我不只鑽研奇襲劍法，更特地選了這個夜晚，選了這個只有我熟悉的密閉空間，」男孩的聲音，在黑暗中忽高忽低，「咯咯，咯咯，所以親愛的劍僮啊，妳就乖乖死在妳自己的劍下吧！」

「你……」劍僮咬著牙，此刻，劍僮只覺得好氣，好氣，為什麼自己一片好心鑄的劍，會變成這樣？

只是，劍僮還來不及心痛，忽然，她的左手微微一痛，然後就是一陣帶著麻癢的溼潤感，被刺中了？

「越刺越準囉……」黑暗中，男孩咯咯的笑著，「我想，在下一劍，我就能拿下妳的性命了，劍僮啊，給妳最後一次機會，妳要選哪一條路？」

「男孩，」劍僮深深吸了一口氣，然後，她輕輕的說：「你知道嗎？我的師父曾經對我說，當一個鑄劍師，最基本的是什麼？」

「是什麼？」

「就是，」劍僮說著，「認出自己的劍。」

然後，她把眼睛閉上了。

此刻，真的進入了完全的黑暗。

無光，無聲，無息，宛如寂靜的深夜湖面。

忽然，在這湖面中，她聽到了一滴水落到湖面的聲音。

那水滴，是劍的聲音，是自己一鎚一鎚親手打造，是自己耗盡心神，細心呵護，有如照顧自己小孩般，從火爐誕生的劍。

這把劍，正撞破一圈又一圈的空氣，來到自己面前的聲音。

你來了，我的孩子？

然後，劍僮手上的劍，輕輕遞了出去，她的劍，柔軟且強韌，瞬間纏住了男孩的劍。

「怎麼會？」男孩的聲音驚恐無比，「妳怎麼識破我的劍？這裡這麼黑？劍又沒有聲音？」

「劍不是沒有聲音喔，你要知道，身為母親，不管多遠，不管多細微，都能分辨自己小孩的聲音。」劍僮苦笑。「我自己鑄的劍，我當然認得。」

「可惡！」男孩慘嚎，死亡的預感，如同這片黑暗般，臨上了他的心頭。他想要抽劍，他一定要把劍抽出劍僮的掌握，因為這把劍，是他唯一的希望。

「對不起。」劍僮用很輕很輕的聲音說。「我的劍，是我對不起你。」

然後，劍僮手腕微微一轉，錚的一聲，劍斷了，男孩的劍，就這樣斷成了好幾截。

「怎麼，怎麼可能？我對付第六個惡棍的時候，我還將他的劍砍彎，怎麼可能……」男孩急忙鬆手，現在他腦海裡面唯一想到的事，就是逃。

他要逃出這屋子，因為他知道，自己絕非劍僮的對手，沒有了劍，他就真的什麼都不是了。

「這是我鑄的劍，還有誰比我更懂這把劍的弱點？」劍僮苦笑，然後黑暗中，她手上的劍再度抖動，這次，是化成一條鋒利的直線，直些穿向男孩的背部。

月光下，黑暗中的房子，一聲男子慘叫猛然響起，然後又瞬間止息。

這夜，終於又回歸了寧靜。

回歸了悲傷的寧靜。

那晚，當時間已經三更半夜，劍僮才回來。

她帶著斷成數截的劍，獨自走回了劍寮，然後她面對著爐火，將手上的斷劍，扔了進去。

高溫的火焰，燒熔著那幾截斷劍，劍的形體，也慢慢的扭曲變形。

她注視著火焰，眼淚盈滿了眼眶，身體卻動都不動。

直到，我坐到了她的身邊，順手把一杯涼茶，放在她的身旁。

「劍僮，妳可知道，為什麼我從來不稱妳為鑄劍師？」我說。

「為什麼？」

「因為，所謂的鑄劍師，是從鑄錯一把劍，害死一個人開始的。」

「嗯……」

「所以，過了今晚，」我拍了拍劍僮的肩膀。「妳的確可以稱自己為一個鑄劍師了。」

「可是，師父，我不想鑄錯一把劍，我不想因為劍而害死一個人，不想因為劍而讓一個人走火入魔，我……」劍僮越說，眼淚越是潰堤而出。

「劍僮，我知道，我都知道。」我輕輕的說著，「但這就是鑄劍師啊，這就是我們鑄劍師啊。」

「可是我不想啊，」劍僮把臉埋在雙手中，「我一點都不想啊……」

「因為不想，」我注視著外面的月光，「所以我們才能鑄出真正的好劍，不是嗎？」

因為不想，所以才能鑄出真正的好劍，不是嗎？

不是嗎？我的老友，專諸。

第七劍，午之劍。

「左右雙劍，同礦而鑄，同爐而生，分則屍骨無存，合則……天下無敵。」

我討厭這國家的官差，因為他們雖然維持了這個國家的秩序，但因為身上佩劍，所以擁有立即斬殺犯罪者的權力，這樣巨大的權力，往往讓他們成為了地方上最大的惡勢力。地方上更流傳著一句話，每個魚肉鄉里的惡棍背後，都有一個惡官差。

只是，我雖然極討厭官差，阿龍這個官差，卻是個例外。

他的武藝算好，只是官階卻極低，低到和武藝完全不相配，也許是因為他不貪贓枉法的個性所以始終升不了官，但也因為他的正直，得到了我的信任。

所以，如果是不用當差的晚上，他偶爾會提著一壺酒，到我的劍寮。

然後看到我皺起眉頭，他才會哈哈一笑，「對啊，忘記你不喝酒了，要不，我喝酒，你品茶，咱們還是可以對飲。」

有時候我忙著鑄劍，他也不說話，只是專注的看著我的鑄劍爐，然後，一杯一杯酒，慢慢的喝著。

「幹嘛在我旁邊喝酒，酒氣如果融入劍中，可會把我的劍搞臭了。」我偶爾會發牢騷。要知道每把劍誕生時，都必須考慮周圍的天時地利人和，空氣中若是充滿了酒氣，有時候也會影響劍的品質。

「以鑄劍配酒，是極品啊。」阿龍笑，「鑄劍前輩，你的動作其實挺美的，你可知道？」

「美？」我皺眉，阿龍這小子的性向不會有問題吧？

「你一鎚，翻轉劍刃，再鎚，再翻轉劍刃，每個動作行雲流水，沒有半點多餘動作，鑄劍前輩，你老實說，你其實是一個武功蓋世的傢伙吧？」阿龍把杯中的酒飲盡。「啊，還是你其實是一個江洋大盜？隱藏身分在這裡鑄劍？」

「見鬼。」我只吐了他兩個字。

「哈哈，好啦，說真的，如果你真的是名揚各國的大盜，看你鑄劍的樣子，我大概也不是你的對手，這點自知之明我還有，所以就算了，算了，」他舉起酒杯，「喝酒，喝酒。」

「喝茶。」我端起了旁邊的涼茶，也不和他的杯子碰撞，就自己喝了起來。

「呵呵，」他笑了幾聲，然後，每次當他幾杯黃湯下肚，總會提到一個人。「鑄劍前輩，你知道嗎？這次我差點就抓到他了。」

「喔。」我沒有多說，因為我很清楚，他是誰？

那是官差的天敵，也就是「盜賊」。

一個名叫青蛙的盜賊。

「這個青蛙真是超狡猾的，你知道他上次怎麼偷了王府那塊玉嗎？他不靠化裝術，他不藉內應，他竟然直接走進去，因為太理直氣壯了，所以連王府的人都以為他是王府的遠房親戚，然後就在王爺老婆的面前，大剌剌的把玉拿走。」阿龍說到這，搖了搖頭，又忍不住笑了。

「那你沒有去抓他？」

「我去了啊，我的劍和他的劍交了手，可是沒抓到他，可惜。」

「嗯。」我放下了涼茶，又繼續敲起了我的劍。

現在的我，打造的其實並不算劍，而是工具，連工具都自己製作，是鑄劍師的基本能力，不過並不是熔煉一般的劍都要特製的工具，這次，我面對的是「隕鐵」。

上次的隕鐵化成了魚腸，透過專諸的手，貫穿了吳王僚，這個南方第一高手加上第一霸主的胸膛，從此改變南方諸國的歷史。

也改變了專諸家庭的一生。

這次的隕鐵夾著更強的氣勢降臨，勢必變化出更強之劍。

為了迎接這更強之劍的誕生，我特製了不少工具，要來煉這一塊隕鐵，很難，但如果這是鑄劍師的宿命，我也必須面對。

「鑄劍前輩啊，我和青蛙交手也七八年了，這傢伙真是狡猾，上次劫糧車事件，你可知道我差點就逮到他了，還有，上次鄰國貴族來訪的事，還有……」

「喔。」我抬起頭，瞄了阿龍一眼，這一瞬間我沒說的是，這個阿龍只要說起了青蛙，就特別的眉飛色舞。

「好啦，鑄劍前輩，看你敲劍總能讓我心情平靜些，那些官差裡面官官相護，互相巧取豪奪的爛事，就會被我拋在腦後了，呵呵。」阿龍起身，伸了一個大大的懶腰。「快要入夜了，快要入夜時人心特別煩躁，事情總是容易在這時候發生，我去巡一下我的管區。」

「路上小心。」我淡淡的說。「你喝了酒。」

「是，是，多謝嘮叨。」喝了點酒的阿龍，拿起劍，朝外走去。「你平常話這麼少，就是這時候……會有點嘮叨。」

我看著他的背影，淡淡的笑了。

還有一件事我也沒說，那就是我討厭官差，阿龍是例外。

而我也討厭盜賊，但，青蛙卻也是一個例外。

通常阿龍來過不久，另一個傢伙也會來看我鑄劍，是的，那個傢伙就是青蛙。

青蛙來時，也會提著酒，然後身邊帶著他隨身飼養的小老鼠。

他會先坐下來，然後替自己斟一杯酒，看著我一下一下鎚著劍，不講話，看青蛙的表情，與其說是在發呆，不如說是在享受。

享受我敲劍的姿態。

「鑄劍師父，你很會鑄劍，鑄劍的樣子挺帥的。」青蛙的聲音比阿龍尖細一點，但講的話卻是大同小異。「每一鎚，每一次翻劍，都沒有多餘動作，如果我是個女生，肯定會愛上你吧。」

「見鬼。」我的回答，往往也對阿龍一模一樣。

「不過，鑄劍師父，你這次鑄劍的樣子又稍微不同，更專注，嗯，你在鑄劍動作裡面，多了一些情感……」青蛙的眼神也很銳利，「你接下來要鑄的這把劍，很不得了，對吧？」

「嗯。」我看了青蛙一眼，這傢伙有眼力，可以感覺到我對隕鐵有分特別的尊重，他不來當鑄劍師，是有點可惜了。

「最近世道混亂，人心不古，我們做盜賊的，最基本的法則，不就是劫富濟貧嗎？就算不濟貧，至少不能盜貧吧？最近幾個後輩越來越不成材，不敢動王府的人，跑去勒索窮苦人家，逼人家賣雞殺牛的，真是爛透了。」青蛙和阿龍還有一點很像，他們都很正直，還有，都很愛抱怨自己的同行。

「劫王府，需要武藝。」我簡單的回答。

「是這樣沒錯啦，他們沒有武藝，所以只敢勒索窮人。」青蛙又喝了一口酒，「但武藝不就是要鍛鍊嗎？辛苦把每天做的重複動作好幾年，然後把自己的基礎打好啊，沒有好基礎，怎麼有好武藝，怎麼當好盜賊呢？別說盜賊了，連官差也是啊。」

「呵。」我笑了一下，沒有繼續說話。

「對啦，說起那個官差，我又和那個阿龍交手了。」青蛙說到這，哼了一聲，「這次還是差一點。」

「差一點？」

「對啊，我憑著一股膽識，走入了王府，當著所有人的面，拿走了玉，但才走出了王府的門，這個阿龍就來了。」

「嗯。」

「阿龍的劍還挺難纏的，左一劍右一劍，打到我差點把玉丟下來，幸好我身手夠好，溜掉了。」青蛙說到這，臉上閃過一抹自己都沒察覺的笑容。「這次盜玉挺容易的，實在無聊，最有趣的部分，反而是阿龍追上來的時候。」

「嗯，」我看著青蛙，這人臉上的一抹微笑似曾相識，對，就在阿龍臉上，也曾經出現過。

「說到這個阿龍啊，也和他交手七八年了，」青蛙說到這，又喝了一杯酒。「每次都很驚險，這傢伙武藝還不錯，劍法算是有料，上次劫糧車的事件真危險，對了，還有鄰國訪客的那次……」

「嗯。」

「對啦，夜深了，我得去睡覺了。」青蛙說完，把口袋裡面的小老鼠，拿起來逗弄一番，然後用力伸了一個懶腰。

「哪有盜賊這麼早睡的？」

「你不懂，這叫做逆向操作。」青蛙笑，「人家總是說盜賊晚上行動，所以白天沒有盜賊，其實真的是這樣嗎？當一個白天的盜賊反而容易成功哩。」

「是這樣嗎？」

「就是這樣。」青蛙拿起了劍，對我鞠了半個躬，然後轉身就走。

我看著青蛙，臉上浮起淡淡的微笑。

好像啊，這兩個人，一個官差阿龍，一個盜賊青蛙。

阿龍與青蛙兩個勢不兩立的身分，在數個月後，當我正埋頭打造隕鐵的工具時，發生了新的變化。

事情的發生是這樣的：一個來自國家高層的人，來到了官差阿龍的管區，這個人不只身分高，權位重，更重要的是，他還是一個超級貪官，他驚人的錢財與權力全部來自壓榨民脂民膏。

他藉由發動戰爭，從中牟利，他安排詭計，陷害忠良，而他會來到這裡，是因為他想要從地方榨取更多的錢財。

而他身上，永遠佩戴著一個國君欽賜的玉墜。

這個玉墜上刻著一頭山海經的異獸「饕」，這隻饕，是一種什麼都吃的怪物，這樣的怪物掛在這貪官身上，可以說是適得其分，不多也不少。

他不只巡查，還帶了不少官差，其中一個官差張嶔，連我都聽過他的惡名，貪婪、殘暴，而且武藝高強，算是一個與生俱來要當壞人的混蛋。

當劍僮和我說起了這個高層來到這區的時候，我手上的鎚子微微頓住。

「師父，怎麼了？」

「糟糕，」我嘆了一口氣。「青蛙。」

「青蛙？師父你是說那個常來這裡喝酒的盜賊叔叔嗎？」劍僮眨著大眼睛。「他怎麼了？」

「將劫富濟貧當作人生宗旨的青蛙，肯定不會放過這個機會。」

「所以……」

「而討厭權貴，但又尊敬自己工作的阿龍，肯定會出手阻止。」

「啊？阿龍叔叔嗎？」劍僮一愣。

「如果只是一個廢物高層就算了，裡面偏偏還夾了一個張嶔。」我手上這個鎚子，始終鎚不下去。

「張嶔不只武藝高，手段更是殘暴可怕欸。」劍僮緊張的看著我。「師父，那怎麼辦？」

「唉。」我嘆了一口長氣，手上的鎚子，還是鎚了下去，並且濺出了點點的火花。

而我的預感成真，因為就在第二天的傍晚，阿龍來了。

帶著沉默而嚴肅的表情，阿龍來了。

「鑄劍前輩，我想要一把劍。」阿龍穩穩坐好，雙腳大開，雙手撐在膝蓋上，對我用力鞠躬。「我想要一把好劍。」

「幹嘛要劍？」我眉頭鎖緊。

「因為有個混蛋要來，他胸口那塊玉，價值連城，身為地方官差，我得保護他。」

「既然是混蛋，何須保護？」

「職責所在。」阿龍斬釘截鐵。「就是職責所在。」

「那何必要邀劍？」

「因為，那個人，肯定會來盜玉。」

「那個人？」

「他當然是，」阿龍斬釘截鐵。「青蛙。」

「呼。」說到這，我慢慢吸了一口氣，果然如我所料，阿龍知道青蛙會出現，所以他要替自己準備一把劍。

這一把劍代表的不只是一種武力的提升，更重要的是，這是一種決心。

與青蛙一決勝負的決心。

「鑄劍前輩，替我鑄劍，」阿龍看著我，字字鏗鏘有力。「如果，這隻青蛙真的來了，我得逮住他。」

如果這隻青蛙真的來了，我得逮住他。

就在同一天的夜晚，一個細瘦的身影，腰間綁著劍，肩膀站著一隻小老鼠，來到了我的劍寮。

而我早就預料到，這身影會出現在我的劍寮裡面。

「鑄劍師父，」這身影手裡玩著自己飼養的小老鼠，「我要邀一把劍。」

「青蛙，」我皺眉，「你自己不是有劍，你幹嘛要劍？」

「因為我看了你鑄劍鑄了這麼多年，我知道你鑄的劍，肯定會比我手上這把劍更強更猛，而接下來的任務，我需要這樣強度的劍。」

「唉。」我只能嘆氣。

「對方有張歆這樣的高手，而且，我猜阿龍也會出現。」青蛙眼神清澈，這是他下定決心的標準表情。「我要拿到那塊玉，這個國家太多戰爭了，而戰爭製造了太多孤兒和貧苦人家，而那個人更是掀起戰爭的元兇之一，我要用他的玉，來還這些因為戰爭而失去一切的人。」

「嗯。」我慢慢的吸了一口氣，「可是很危險。」

「我知道，但這是我盜賊最根本的道義，更可以說是，盜賊的職責所在！」

盜賊的職責所在嗎？

職責所在？這句話，怎麼這麼熟悉？好像剛剛才聽過？

「嗯。」

「所以，請替我鑄劍。」青蛙低頭用力鞠躬。「以您的手藝，一定能打造出一把讓我武藝大幅提升的劍！」

請您，替我鑄劍。

因為，這是我盜賊的職責所在！

那一晚，當劍僮替我端來了一杯涼茶，她忍不住低聲問：

「師父，您還好嗎？」

「嗯。」我沉默。

「師父，您真的要替阿龍叔叔和青蛙叔叔鑄劍嗎？」劍僮鼓起勇氣，終於把內心的疑惑給說了出來。

「為什麼不鑄？」

「因為，您若是將阿龍叔叔的劍鑄得比較強，那青蛙叔叔就危險了；反之，若您在青蛙叔叔的劍上下工夫，那阿龍叔叔就可能喪命。」劍僮語氣激動，「所以，師父，求您別鑄了吧！」

「別鑄了嗎？」我看著手上的那兩塊礦材。

一塊是要給阿龍，一塊要給青蛙，以我對這兩人性格的了解，對他們武藝的熟知程度，我的確可以打造出兩把大幅提升他們實力的劍。

但，兩邊越強，就越可能危及雙方性命。

「嗯。」我吸了一口氣，牙微微一咬。「但，我會鑄。」

「鑄？」

「劍僮，」我苦笑。「應該說，如果我要保住這兩個渾小子的命，我非鑄不可啊。」

一個月後，無論是阿龍或是青蛙，都拿到了自己的劍。

然後再一個月，貪官與張嶔來了，他們大張旗鼓，表面上是救濟貧民，私底下卻向地方官大力勒索，而羊毛出在羊身上，地方官有朝一日會把這些錢財，再從貧民身上挖回來。

而等待已久的青蛙，也出手了。

一開始，貪官睡醒時，發現門邊出現了一塊竹片。

上面刻著，「饕之玉佩，我三日後來取。」

貪官驚疑，這人是誰？竟然可以無聲無息的在門邊掛上竹片。

然後第二天，這竹片又掛了上來，而且這次不是在門外，而是在床腳，在貪官腳邊的床腳。

上面寫著，「饕之玉佩，我兩日後來取。」

第三天，當貪官驚恐無比，不斷提升守衛的人數，竹片還是出現了，而且還是竟然直接出現在貪官的枕頭旁。

上面寫著，「饕之玉佩，我一日後來取。」

連續三日，盜賊都肆無忌憚的將竹片放到自己的房間，讓貪官大為驚恐，他找來張嶔與阿龍，痛罵了一輪。

阿龍表情堅硬如鐵，倒是人稱惡官差的張嶔露出沉思的表情。

「報告長官，盜賊如果連三日都可以進到房間，而不被我們發現，為什麼不在第一天就動手拿玉，要不斷的透過竹片預告？」張嶔有著一雙讓人膽寒的鷹眼，心思更細密到讓人害怕。

「你這豬腦！他當然可以拿走，只是為了示威，為了讓我害怕！懂嗎？給你們三天還抓不到這混蛋！」貪官怒吼，「我還要你們幹什麼？」

「是嗎？」張嶔鷹眼瞇起，似乎在思考著什麼，這時，張嶔發現了阿龍正拿起了紙條，左右端詳著。

「阿龍，你身為地方官差，這裡的盜賊你一定最清楚，你有什麼看法？」

「污點。」阿龍把竹片拿到了貪官和張嶔面前，「每個竹片都有小小的污點。」
「污點？」張嶔皺眉。
「對，」阿龍表情剛硬，「這也許就是線索。」
張嶔那雙鷹眼閃爍不再說話，而貪官先是一愣，又繼續破口大罵，因為他不懂阿龍的意思。
阿龍沒有明說，因為現在的把握只有三成。
剩下的七成，就要看青蛙後續的行動了。

第三天過去，奇怪的是，玉墜並沒有被拿走，貪官一早起來，發現玉墜還在身上，他開心的笑著，正準備下床時，腳踩到了一個竹片。
上頭寫著，「多謝賜玉。」
貪官眉頭緊皺，正要努力理解這竹片含意之時，他聽到了門外傳來騷動。
帶頭的，是張嶔。
「報告長官，市場那頭有個男人，正在公開賣玉。」張嶔一到貪官面前，便單膝跪地。
「賣玉？」
「是，」張嶔表情嚴肅，「賣的正是饕玉。」

「一模一樣嗎？」貪官心頭一緊。

「據官差回報，是一模一樣。」張嶔如老鷹般銳利的雙眼，由下往上，凝視著貪官。「而且根據官差回報，那人還大肆宣傳著，說自己已經預告了三天，給了我們這麼多時間防備，但玉，還是被他偷走了。」

「真的？所以那些竹片真的是他放的？可惡！玉，玉真的被他偷走了！可惡，他有能耐放竹片，肯定也有能力把玉拿走！」貪官氣到全身發抖，「那我胸口的這塊，只是……只是假的囉？」

「……」張嶔那如同老鷹般的銳利眼睛，直勾著貪官。「那請示長官，現在我們該怎麼辦？」

「該怎麼辦？」貪官全身顫抖著。「那盜賊可以輕易在晚上放竹片，可以盜走饕玉，可怕的是，一定也能拿下我的頭顱！張嶔！你去殺他！」

「我去殺他？」

「是啊，順便把玉搶回來！你不是號稱是最可怕的官差嗎？你的劍不是都染著劇毒嗎？殺一個自以為是的盜賊，應該不成問題吧？」貪官恐懼此刻轉變成了憤怒的殺氣。「對吧？」

「您……確定要我離開您身邊……去殺那個盜賊？」

「當然！你問這什麼廢話！」

「那，屬下就去囉。」張嶔慢慢往後退，然後退離了貪官的房間，只是，在張嶔回頭的那一瞬間，貪官沒有發現的是……

張嵌臉上那抹識破一切，詭異無比的冷笑。

張嵌帶了幾個官差，去市場追逐那個賣玉的人，那個賣玉的人見到張嵌出現，立刻展現極為狡猾的身手，鑽入了人聲鼎沸的小巷中，與張嵌等人展開了一場追逐戰。

不過，就當張嵌奉命去追逐盜賊時，有一個人卻完全沒有動，他仍然待在貪官的身邊。

他，當然是阿龍。

「九成把握，這是青蛙親手佈的局，很像，很像他會幹的事。」阿龍的腰際，此刻佩著兩把劍，一邊是自己慣用的舊劍，一邊是由我親手打造的新劍。

新劍透過我的雙手，威力不只大幅提升，更因為阿龍與青蛙太熟悉彼此，這種突如其來的新兵器，絕對會對對方造成巨大震撼。

這樣的震撼，往往就是實力相當兩人決定勝負的關鍵。

阿龍握住了劍，深深吸了一口氣。

然後，他等待的人影，現身。

這身影一縱一躍，每個動作都訴說著相同的訊息，快速、爆發力、強韌，還帶點狡猾。

這身影快速逼近貪官附近，而貪官附近的侍衛才想要抽劍抵抗，就被青蛙左一腳，右一腳給踢倒，幾個來得及拔劍的，卻也被青蛙用劍快速擊倒，青蛙不傷人性命，但也不手軟，不到一會，地上就躺滿了哀號不斷的官差。

然後，青蛙終於與貪官面對面。

「你，你就是那個盜玉的人？」貪官以往的官威沒了，取而代之的，是面對死亡的恐懼與卑微。

「是，就是我連寫三天的竹片，說要拿你的玉。」青蛙笑。

「你已經拿到了玉，為什麼，為什麼還要回來？」貪官嘴唇發白，「難道，你要來拿我的性命？」

「錯了，」青蛙繼續笑著，「我並沒有拿你的玉。」

「啊？」

「你的玉，一直在你身上。」青蛙剛說完，忽然手一晃，手上的劍鋒，不偏不倚的勾住貪官串玉的繩子，順勢把玉撈回了青蛙的手上。

「那，那，你為什麼會在市場賣玉？你明明可以把竹片放在我的耳邊，你早就可以拿玉了啊！」

「我在市場賣的玉，是假玉。」青蛙咯咯的笑著。「真正的目的是要把張嵌等高手引離你的身邊，以便我……盜取真的玉！」

「可是，你每天晚上都放竹片，不就表示，你早就可以盜取饕玉了嗎？」

「這部分，就是機密了啊。」青蛙大笑，轉身，然後用力一蹦，展現他盜賊的本色，離開了貪官。

只是，青蛙雙腳才踩上屋頂的磚瓦，忽然，背後一陣寒氣湧現。

劍？

青蛙頭微微一側，驚險避過這一劍，然後手一迴，手上的舊劍也跟著吐了出去。

雙劍交鋒，火花中，無論是青蛙與阿龍，都確認了彼此的身分。

「好樣的，果然是你，青蛙！」阿龍面容嚴肅，「這次盜玉的手法，細膩而充滿創意，果然像你所為！」

「你也不賴，竟然沒有跟著那個傻張嶔去市場追那個假貨？」青蛙笑，手上的劍迴出一個銀亮的半圓，最後劍鋒直指阿龍。「難怪七八年了，我始終沒辦法徹底甩掉你，你果然不是笨蛋。」

「但七八年的恩怨，今天應該就會分出勝負了吧。」阿龍看著青蛙，左手微微握了一下那柄新劍。

這把劍，就是分出勝負的關鍵。

「同感。」青蛙也下意識的，抓了抓自己的新劍，然後鬆手。

這把劍，就是分出勝負的關鍵。

「動手。」阿龍一吼，手上的舊劍揮出，在空中舞出一個好美的弧，弧線的終點，就是青蛙的肩膀。

而青蛙嘴角揚起一個熟悉的笑，然後右手一挺舊劍，也是一個弧，由下往上，擊上阿龍的劍。

兩個人，兩把舊劍，在磚瓦稻草築成的屋頂上，繼續延續這場歷時七八年的廝殺。

他們都還沒拿出新劍，因為他們知道，現在還不是分出生死的時候，再等一下，一定會用到這柄新劍的。

這場廝殺，數千劍走過，始終維持著微妙的平手。

也許是因為七八年的時間太長了，也許是因為他們太了解彼此了，也許他們真的是實力相當的對手，所以兩個人的舊劍，無論是攻擊、防守、突襲，甚至是出現了破綻，都被對方輕易識破，然後鬥成了一個平手。

不多不少，恰恰好的平手。

「快投降吧，阿龍，我看到你的敗象囉。」在劍雨之中，青蛙保持著那嘻皮笑臉的輕鬆。「你看看你，這八年間你沒抓到我，就註定今天也殺不死我啦。」

「哼。」反觀阿龍，沒有青蛙的活潑輕佻，卻沉穩如山，他一劍一劍的揮著，在劍雨中同樣處變不驚，「這八年來，我也破了你的竊盜詭計好幾次。」

「是啊，那次劫糧車，你看破我安排在路邊的假輪印，還不錯。」青蛙閃過幾劍，手上的劍一竄，反擊。

「你上次直接走到王府拿玉，倒是讓我失算了。」阿龍的劍橫擋，架住了青蛙的劍。

「我上次搶臭地主的馬那次，你做的有點過分了，竟然拿馬糞堵我，害我臭了好幾天。」青蛙哼的一聲。

「我也臭了好幾天，不過三年前那次，你用小女孩騙走侍衛的詭計，實在糟糕，」阿龍皺眉。「你不怕小女孩因被遷怒而受傷嗎？」

「我把那小女孩保護得很好，要不是你出面，那個詭計會被識破嗎？那小女孩肯定不會被發現。」青蛙說著說著，嘴角不禁微微浮出一個笑。「不過還好，就算我沒偷到東西，至少那小女孩平安無事。」

「如果你害到小女孩，我肯定不饒你！」說著說著，阿龍的臉上，也悄悄出現了自己都沒有察覺的，微笑。

「我知道啦。」青蛙臉上掛著淡淡的笑。「那今天，我們終於要分出勝負了？」

「當然。」阿龍語氣肯定。

「好像差不多了。」

「是啊。」

也就在此刻，天空一朵雲恰恰遮住了太陽，讓青蛙與阿龍的眼前亮度，同時暗了下來。這一暗，代表是勢均力敵的比劍中，最關鍵的「變數」，變數出現，就是雙方施展最後絕招，最佳且唯一的時機。

「看清楚喔，我的絕招來了。」青蛙的左手，來到了自己的腰際，用力握住了新劍。

「你才看清楚，我的絕招才強。」阿龍的左手，也來到了自己的腰際，也用力握住了新劍。

新劍對新劍，兩人繼續保持驚人的默契，竟然想在同一個時刻使出殺手鐗。

然後他們同時抽出新劍，就要施展最驚奇殺著的同時，他們卻同時愣住了。

因為他們赫然發現，他們手上的劍，與對方手上的劍，竟然……

一模一樣。

但也在這瞬間的驚奇之後，另一個可怕的驚奇陡然降臨。

一個黑影，以驚人的速度，快，猛，強悍，飽含邪氣，突然竄到阿龍與青蛙兩人之間。

「啊？」

「啊？」

阿龍與青蛙只來得及低呼一聲，他們的腦門，就同時被那隻黑影的大手攫住。

「咯咯，這叫做鷸蚌相爭，漁翁得利啊，」那黑影武功好高，再加上趁人不備，竟瞬間制伏了阿龍和青蛙兩人。「最後的得利者，肯定會是我……惡官差，張崴啊！」

時間，倒退回一個月前。

當時青蛙依約來取劍，他拿到了我鑄的劍，先是訝異，然後又露出驚喜的表情。

「好劍，鑄劍師父，這幾年來我天天來看您鑄劍，果然沒錯，您的技術實在太好了。」

青蛙輕輕揮了幾下這柄新劍，表情極為滿足。「這把劍好順手啊，我的所有習慣，武功招數，透過這把劍，肯定能發揮出超出以往的威力吧！」

「在你帶走劍之前，我有句話要說。」我看著青蛙。

「鑄劍師父，請說。」青蛙肅然起敬。「寡言的您要說話，肯定要聽。」

「這柄劍的鑄法，算是特別，我稱作左右雙劍，同一塊礦材，前面大半段都採用完全一模一樣的工法，一直到要出爐之前，才將這礦材分成兩塊，並分鑄成兩劍。」我慢慢的說著，「兩劍在爐中宛如雙胞胎，相依相生，不分彼此，直到成劍時分開，故稱左右雙劍。」

「所以我的劍是左右雙劍中的一劍？」

「是。」

「那另一把劍在哪？」

「在另一個地方，也許有天你會碰到。」我淡然一笑。

「我會碰到……」

「但記住一件事，左右雙劍合則威力絕倫。」我慢慢的說著。「一旦對決，絕對是屍骨無存。」

「鑄劍師父，」這時，青蛙忽然抬起頭，雙眼清澈，看著我。「這把劍無論是重量或是形體，對我而言，都是完美無缺，所以還有一個人……也和我一樣適合這把劍嗎？」

「呵呵。」我只是淡淡笑了，然後轉身走回劍寮。「是啊，這世界，就是這麼巧啊，有個人，真的和你一樣適合這把劍啊。」

同樣的地點，稍晚時間，我將劍交給了阿龍，並且說了相同的一件事。

「左右雙劍合則威力絕倫，一旦對決，就是屍骨無存嗎？」阿龍喃喃說著。「那鑄劍前輩，那雙劍何時需要合體呢？」

「會有機會的。」我慢慢的說著，「你們一定會有機會，讓雙劍合璧的。」

時間，拉回到現在。

惡官差，張嶔，以高絕的武功加上趁人不備的偷襲，一口氣制伏了阿龍與青蛙。

「臭張嶔，你幹嘛連阿龍都要殺？你們不是自己人嗎？」青蛙的腦門在張嶔的爪下，絲絲寒氣從頭上滲了下來，青蛙明白，這張嶔爪上練的是陰寒的工夫，只要他的爪子一下去。就算腦袋不破，寒氣入了腦，下半輩子不殘也瘋了吧。

「自己人？我想你們都搞錯了吧。」張嶔獰笑，「這塊饕玉價值連城，可是連我都想要啊。」

「啊？」青蛙和阿龍同時低呼。

「我只要把你們當場斃在這裡，再神不知鬼不覺的盜走玉，然後將你們的屍體處理掉，讓所有人都找不到你們……所有人會怎麼想？」

「啊！」青蛙與阿龍何等聰明，頓時懂了。「你要嫁禍給我們？」

「地方官差與地方盜賊聯手盜玉，然後逍遙法外，這劇本很合理，不是嗎？」張嶔笑著。

「親愛的地方官差阿龍，和地方盜賊……你叫青蛙，對吧？」

「可惡！」阿龍咬牙，「你不配當官差！」

「你連當盜賊都不配！」青蛙接口。

「哈哈，」張嶔雙手微微發勁，詭異的寒氣，順著掌心流到了青蛙與阿龍的腦門，讓他們立刻打了一個寒顫。「你們雖然一個是官差，一個是盜賊，但講話倒是很像啊。」

「哼。」

「而且不只如此，你們自己沒發現嗎？我剛剛躲在一旁看你們對決，更發現你們不只說話像，武功招數、力氣長短，甚至是攻防的邏輯，都很像，難怪官差能識破盜賊的招數，但卻始終抓不到這個盜賊。」張嶔一邊說，手上的寒勁越下越強，阿龍與青蛙的臉色也越來越慘白。

「哼。」

「也因為這樣，你們才會鬥得旗鼓相當，讓我有機可乘，如果我與你們其中一個單挑，肯定要費上一番工夫吧。」張嶔越笑手上的寒勁已經逼近了頂峰，接下來，他的五根指頭只要一合上。青蛙與阿龍的腦袋，肯定當場破裂。

「哼。」

「不過最有趣的是，你們兩個不只是個性像，武功像，邏輯像，連拿的劍，竟然都一模一樣？咯咯，你們兩個是傻瓜嗎？是走到劍鋪中挑中了完全相同的劍嗎？真是太有趣了，」張嶔說到這，語氣微微一頓，忽然轉為陰冷。「現在就要把你們兩個這麼有趣的人給殺掉，還真讓我有點……捨不得呢！」

完全相同的劍？

這句話，被寒氣蝕腦，已經幾乎放棄生存希望的青蛙與阿龍，同時睜開了眼。

他們看著彼此。

這一剎那，他們明白對方都想到了一句話，那個鑄劍師曾經說過的話……

「左右雙劍，同礦而鑄，同爐而生，分則屍骨無存，合則……」

天下無敵。

然後，阿龍握住了新劍，嘶吼，猛力揮動。

「你以為這個狀況下，你還能傷我嗎？」張嶔冷笑，正要一腳踹開阿龍的劍，但接著卻發現……劍不是朝自己揮來！

劍的走向詭異，竟然朝著青蛙而去，但青蛙的新劍也同時揮開，兩個人的劍，幾乎要碰撞時，卻驚險萬分，默契十足的錯開。

「這是什麼？」張嶔感到背脊微微一涼，在他的瞳孔上，倒映著的是又亂又美的銀線。銀線，是這兩把劍，正在瘋狂亂舞，舞出數十條糾結混亂的銀色弧線，但偏偏沒有碰到彼此半點。

這是什麼？這樣的雙劍劍法，怎麼可能出自於兩個人之手？這應該是同一個人左右手各持一劍，苦練二十幾年後，將自己逼到極限之後，才可能完成的極致之舞啊！

怎麼可能，怎麼可能，會出現在兩個人手上，而且這兩個人不但不是好友，還是……鬥了七八年的死敵？

張嶔看著眼前驚心動魄的雙劍美景，他感到背脊不斷的滲出涼意，因為他知道身為一個劍客，在一場以劍為名的對決中，最害怕的一件事是什麼？

就是完全看不透對方的武功招數！

完完全全，看不透對方的招數！

「雙爪，給我下去，把這兩個人的腦袋，給我當場爆掉！」張嶔狂吼，他已經催到了極致的寒爪，用力一抓，這是他最後一搏了，因為他必須比雙劍之舞更快，不然他知道，死的人絕對是他……

絕對是他……

只是，不幸的是，死的人，還真的是他。

死的人，是這個叫做張嶔的，惡官差。

雙爪下得快，但卻沒有快過極致癲狂的雙劍之舞。

因為雙劍兩條銀線突然交合，劃過了張嶔的雙爪，雙爪齊腕斷。

然後兩條銀線繼續交纏前進，宛如一條憤怒螺旋，貫穿了張嶔的胸口，銀色中多了鮮豔的紅，美，但也殘忍。

惡官差，張嶔，總算再也不能作惡了。

後來，張嶔的屍體被貪官的官差們發現，他的手心還抓著饕玉。

看到這畫面，所有人都明白了，張嶔想要盜玉，但沒盜成，沒盜到玉就算了，以殺人寒爪著稱的雙手，還被雙劍一起劃斷。

那斷面之整齊，所有人都以為雙手是一起被同一把劍劃斷的。

不過張嶔的死，不只讓人明白了這惡官差的貪婪，更讓這貪官和他的部屬連夜打包行李，逃離了這個地區。

原因無他，因為貪官貪雖貪，笨歸笨，但他比誰都清楚，張嶔這隻惡狗的厲害，他會死得這麼徹底，表示這地區藏著一個更強的高手。

而且所有人看過了張嶔的屍體後，竟然連這個高手，是一個人用雙劍？還是雙人用一劍？都搞不清楚。

於是，貪官怕得逃走了，他已經拿回了饕玉，不敢再留戀了，他如果想要在這鄉間作威作福，恐怕很快會步上張嶔的後塵。

貪官逃了，張嶔死了，鄉下，終於又恢復了本來的寧靜。

這樣的寧靜，是偶爾會有一個叫做青蛙盜賊施展各種詭計，偷走王府的寶物，還有一個叫做阿龍的官差，老是能識破青蛙的計謀，然後展開一場又一場的官兵強盜追逐戰。

熱鬧，但又寧靜的鄉下。

熱鬧，但又寧靜的官差與盜賊。

而那左右雙劍呢？

它們此刻正安靜的掛在我的牆壁上。

兩劍交叉掛放，像極了兩個從小一起長大的兄弟，老是互相吵架，互相打架，但別人敢欺負他們其中一個，兄弟就會合作，那可真是嚇死人的……天下無敵！

「師父，這這對左右雙劍，青蛙叔叔和阿龍叔叔都不要了嗎？」劍僮看著牆上的雙劍，轉頭問我。

「沒有不要啊。」我拿鎚子，手上準備為隕鐵而生的工具，已經接近完成。「他們只是暫放在我這裡，說什麼……哪天有需要，會再來找我拿。」

「有需要？指的是什麼？他們要分出勝負的時候嗎？」

「呵呵，還包括，他們需要一起面對敵人的時候吧。」我笑。

「師父，你真的很厲害。」劍僮看著左右雙劍映著火光，發出幽幽的紅光。「真的好厲害。」

「幹嘛突然這樣說？」

「這種左右雙劍，同礦而鑄，同爐而生的鑄法，是你自己發明的吧，你真的好厲害！」

「還好。」我聳了聳肩。「因為我需要一對雙生兄弟之劍啊。」

「師父，我會記住這樣的鑄法，或許，有天我會超過你喔。」劍僮眼中突然閃過一絲光芒，我認得這樣的光芒，這是鑄劍師想出一種獨一無二鑄法的眼神，這叫做靈光一現。

「喔？妳要鑄雙生劍？」

「不太一樣。」

「哪裡不一樣？」

「我要鑄的，是夫妻雙劍。」劍僮慢慢的說著，眼中的光芒更熾熱了。「我剛剛想到了我們在隕鐵山上遇到的猙，像是這樣感情深厚的夫妻雙劍。」

「喔。」

「我會以您的技法為基礎，一樣同礦而鑄，一樣同爐而生，但卻是特性相反，宛如夫妻互補，會是最強的陰陽之劍。」

「嗯，陰陽互補啊……」我沉思了一會，才睜開眼睛，「沒錯，這樣的劍，也許比我的雙生之劍還要強喔。」

「而且其中一把劍，我還要以我自己的本名命名。」劍僮說到這，害羞中帶著些許驕傲。

「呵呵，妳的名字，所以是……」我笑了一下。「莫邪劍嗎？」

「是啊。」劍僮紅著臉，笑了。「就是莫邪劍，然後另一把劍，應該就是我丈夫的名字……」

然後，我伸出了手，揉了揉劍僮的頭，「傻姑娘，現在就連劍的名字都想好，會不會太早了，等妳先鑄出來再說吧！」

「呵呵，」劍僮任憑自己的頭髮被我揉亂，像是小女孩享受著老父的溫柔。

而我手心輕揉著劍僮的頭髮，我深信著，她一定可以的。

她一定能完成她的夢想，鑄出比左右雙劍更厲害的雙劍，一對叫做莫邪的夫妻雙劍，我很期待。

也許，這夫妻雙劍之名，還會超越我的魚腸雙劍，成為最經典的劍。

替我們這段鑄劍歷史，留下最美麗的傳說啊。

第八劍，未之劍。

這些針，在小雪的手上，稱霸了大半個南方的裁縫界，是該回到鑄劍師手上，維修維修的時候了。

看了這麼多故事，你一定以為身為鑄劍師的我，整日留在劍寮內鑄劍？事實上，並非如此，我經常在外頭行走。

在外頭行走，能見到與聽到不同的人事物，這對鑄出一把更貼合人心的劍來說，可是非常重要的。

尤其是每年的秋天，我總會開始收拾行囊，鎖上劍寮的門，準備出遠門。

每到這個時候，最興奮的，倒不是我，而是劍僮。

像是這樣的秋行，從劍僮還是孩童時就已經開始，尤其是她還是幼童時，一聽到能夠離開這個又熱又無聊的劍寮，她總是開心到好幾天都睡不著。

而當她慢慢長大，個性逐漸沉穩，似乎漸漸明白秋行的重要，也越來越能感受秋行真正的目的，並且逐漸蛻變成我重要的左右手。

「師父，我們這次秋行要去哪？」劍僮替我把一些簡單的鑄劍工具收進包袱內。

「這次主要行程有兩個，一個是去楚國找老朋友，然後順道去中原走走，最後，我和一個人約在吳國……」

「吳國？」劍僮聽到這兩字，微微遲疑了一下，「師父，您確定要回去，吳王僚的事情之後，伍子胥親自命令的九十八名劍客，他們拿著隕鐵的劍，要追殺您的命……」

「那九十八名劍客，現在成了伍子胥的刺客集團，令各國聞風喪膽，但我們不也做掉了十幾個了！」說到這，我苦笑了一下，「如果加上行刺越國與秦國而陣亡的，九十八個劍客應該剩下不到一半了。」

「但留在後面的，往往越強……」

「沒錯，剩餘的刺客當中，的確有幾個人物。」我說到這，聳了聳肩，「所以我們這趟秋行，得低調一點才行。」

「師父，怎麼低調都很危險啊，現在吳國堪稱是南方霸主，連大國楚國都被它打得東倒西歪，而且吳國政壇目前有三強鼎立，霸氣權謀的吳王闔閭、智謀如鬼的伍子胥，還有縱橫戰場未嘗一敗的軍神孫武！」劍僮拚命搖頭，「師父，我們現在過去，真的凶多吉少啊。」

「我知道。」我慢慢吸了一口氣。「但這次的秋行，我們非去吳國不可。」

「為什麼？」

「因為，有件事，要去吳國解決一下。」我說到這，微微一頓。

「啊，有件事……？」

「是的，」我說道，閉上了眼睛，「如果這件事順利，也許可以減少上百場大大小小的戰爭，讓數萬軍民不再家破人亡，所以我非做這件事不可。」

劍僮見我閉上了眼，知道我不想再說，所以雖然她仍有滿腹的疑問，也只能吞回肚內，悶悶的不再說話。

於是，這趟危險的秋行，就在我的堅持，劍僮的疑惑之下，踏上了旅途。

我與劍僮第一個到達的，是楚國。

楚國是南方最大之國，幅員廣大，國民眾多，歷史悠久與文化深度不只傲霸南方，甚至足與北方中原諸國抗衡。

雖然這幾年來吳國和越國先後崛起，讓楚國備受壓力，但它畢竟擁有大國的資源和實力，所以依然保持著優於它國的繁榮。

一到楚國，劍僮就像是脫了韁的野馬，完全拋下了鑄劍師艱苦的樣貌，回復成少女的天性，她找到了楚國幾家有名的飾品店，採買了許多胭脂和小飾品，這些年來鑄劍累積了不少財富，她可以說是找到了可以盡情發揮的地方。

而只懂鑄劍的我，看著劍僮的行為，只能搖頭嘆息，拚了老命的搖頭嘆息。「唉。」

「師父，不要嘆氣嘛，難得讓我出來買，就買個夠啊，這幾年來我也開始鑄劍了，賺的錢也不少哩。」劍僮臉上泛著紅光，不時配上飾品，然後回頭對我展示。「師父，這樣有美嗎？」

「不錯。」我只能嘆息，我記得這種師徒關係，不是通常都是師父威嚴如鬼嗎？怎麼我現在看起來，像是劍僮的跟班呢？

「師父，這髮飾好漂亮，還有還有，這件衣服真是美，我可以買嗎？」

「要美美的衣服，不用在這裡買啦。」

「喔？」

「因為這趟楚國之行的目的，就是來拜訪一個專門製作衣服的人啊。」我看了劍僮手上的衣服，是還不錯，但和我等一下要拜訪的人相比，可就差多了。

只是，當我一講這句話，一旁的店家老闆立刻就不服氣了。

「客人啊，我們這裡的衣服，論材質，論織工，論整體色彩搭配，可是楚國數一數二的，我們店裡面的裁縫師，他們的師父是誰？你可知道？」那個店家聽到我這樣說，看了我身上有些破爛的衣服一眼，哼的一聲。

「是誰？」

「我說出來你可別尿了褲子，他們的師父就是人稱『南方第一裁縫，楚王御用的天才裁縫師』，雪夫人！」

「南方第一，楚王御用的裁縫師？」我看著那個店家，眼睛眨了眨。

「怎麼樣？嚇到了吧？」店家雖然是男生，但卻右手扠腰，左手捏蓮花指，「如果尿了褲子，這裡剛好有褲子，替你換上吧！」

「沒有嚇到啊，只是有點驚訝，那個小雪……」我笑，「竟然已經有了這麼長的頭銜啊。」

「小雪？你全身爛衣的俗民！竟敢這樣稱呼我們裁縫界的神，」店家臉色驟變，雙手扠腰，用力跺腳。「要叫『雪夫人』！懂嗎？他擁有整個南方最出神入化的手指，尤其是他的針，據說粗細只有千分之一吋，所以無論多細的線孔，都可以輕易穿過，而且他的針不止一種，有直，有彎鉤，更有傳說中的雙針設計，能實現他每種裁縫設計！」

「喔。」

「這樣宛如神的人物，叫雪神都不為過，你竟然敢稱他為『小雪』！！」店家怒吼，「俗人！」

「是，是，」我笑了一下，然後拉住劍僮的手，慢慢的往後退，「我們快走吧。」

「俗人！給我滾出去！」店家果然拿起了附近的衣服，朝我身上猛扔過來！

「走！」我一拉劍僮，兩人一起落荒逃出了這間楚國最知名的，僅次於雪夫人手藝的衣物店。

而當我和劍僮一起逃出了該店，劍僮看著我，問道：「師父，你剛剛說，你知道哪裡有更漂亮的衣服，難道……」

「是啊，沒錯，就是她。」我遙望著天空，露出難得溫暖的笑。「因為『那東西』的壽命已經到了。」

「『那東西』壽命已經到了？」

「那東西，就是剛剛店長講的，七七四十九根針的針組啊。」我再笑，「這些針，在小雪的手上，稱霸了大半個南方的裁縫界，是該回到鑄劍師手上，維修維修的時候了。」

雪夫人，一見到我的時候，熱情如同當年。

他一個飛撲，撲到我的面前，更用雙手環住我的脖子，只差沒有用他柔嫩的雙唇，朝我的脖子咬下去。

雪夫人很美，就算有了些年紀，但沒有半點瑕疵的肌膚，窈窕纖細的身材，還有妝點得宜的服飾，讓他成為讓每個男人怦然心動的美人。

但這樣的美人，卻不是我的菜，並不是說他不好，而是說……他其實是一個男生。道道地地，著著實實，和我一模一樣的男生。

「呃，小雪，我知道你見到我很開心，但也不用這樣吧？」我的脖子被他摟著，鼻子內盡是他撲鼻的胭脂香氣，只能選擇動也不動。

「唉喔，都過這麼多年才來看我，真是沒義氣，而且這麼多年了，怎麼性向都沒變？」雪夫人的聲音在我的耳邊輕語。

「性向這東西，哪裡是說變就變的？」我苦笑。

「我以為你變了，才想起我的好，所以千里迢迢的來找我。」雪夫人說完，鬆開雙手，退了一步。

「你一直很好，不用我想起。」我笑。「聽說你現在已經是南方第一裁縫，還是楚王御用裁縫師？」

「唉喔，那種虛名，」雪夫人笑了起來，真是一個千嬌百媚的笑，只可惜，我真的比誰都清楚，他是一個男的，就和我一樣。「咦？那是小劍僮嗎？妳長大了啊？」

「雪阿姨妳好。」劍僮鞠躬。

「好。」只見雪夫人端詳了劍僮半晌，然後重重嘆了一口氣。「好一個美人胚子啊。」

「雪阿姨，別這樣說，妳也很漂亮。」劍僮由衷的說。

「呵呵，我知道自己很美，可是妳師父當年卻不要我。」雪夫人說到這，順便瞪了我一眼。

「冤枉。」我只能雙手舉高，無奈的喊著。

「不過，小劍僮啊，妳還真是一個美人哩，先別說臉蛋，尤其妳這雙手，纖細中帶著陽剛，陽剛中又帶著女性的柔情，這樣的手用來鑄劍太可惜了，」雪夫人拉起了劍僮的手，不斷讚美。「怎麼樣？留在楚國，跟著我吧？包妳成為下一代裁縫大師！」

我。

「欸，別搶我的徒弟。」我忍不住發聲。

「一個女孩子，整天陪你在爐子邊烤火，把手弄得滿是傷，這樣像話嗎？」雪夫人瞪著我。

我還沒來得及說話，劍僮倒是開口了，「可是，我想鑄劍。」

「為什麼？」雪夫人美麗的眼睛睜得老大。

「我就是想跟著師父鑄劍。」劍僮昂起頭，「夫人妳也很棒，但我答應師父了，我有天會鑄出可以改變歷史的雙劍。」

「真的？」雪夫人放開了劍僮的手，再次嘆氣。「你這臭鑄劍師，甩掉我就算了，連選個徒弟都比我好。」

「呵呵，我怎麼敢，對了，小雪，你應該知道我此行的目的。」我淡然一笑，「只是我不懂，幹嘛突然要維修那些針？」

「嗯，其實這是有原因的，一切都起源於一場……」雪夫人點了點頭，收起嬌媚的女子神情，這瞬間轉化為那南方第一裁縫的傲氣。「比試！」

「比試？」

「南方紡織與北方中原紡織的比試！」

「喔。」

「你知道我們南方的服飾發展時間也不短了，但始終被中原瞧不起，如今，楚王想請我織件衣服，送給當今正統的周天子，當作祭祀服裝，讓他知道我們南方的文化工藝，早已超過北方各國。」

「唉，這有什麼好比的，真是無聊，然後呢？」

「無聊？呵呵，對啊真是無聊，但楚王這些年來對我不薄，我倒是想替他爭這一口氣。」雪夫人說完，嘆了一口氣，「但你當時打造的四十九針組，經過這麼多年的使用，已經有些鈍了，對付一般的衣服還可以，但若要織出給周天子的祭祀衣服，恐怕還不夠。」

「嗯，鈍了……」

「這些針，也真的鈍了。」雪夫人看著我，眼神閃過一絲我不懂的哀傷。「越來越不得心應手了。」

「不得心應手？」雪夫人臉上那絲哀傷，讓我內心微微納悶，「那請你，把針給我吧。」只是，當雪夫人把他最得意的七七四十九根針組，攤在我面前，我拿起針的瞬間，我的眉頭卻微微的皺了起來。

這究竟是怎麼回事呢？這些針，這些針……

「師父，我發現，你剛剛和雪夫人講話的神情和語氣，和平常時候完全不同欸。」

我和劍僮一起回到了雪夫人替我們安排的房間，一回到房內，劍僮馬上嘰哩呱啦開始問了起來。

「哪裡不同？」我看了劍僮一眼。

「嗯，話變多了，而且整體感覺變得輕鬆很多。」劍僮看著我，「師父，為什麼啊？」

「大概是因為，他是老友吧。」我看著劍僮，心想這女孩的心思越來越細膩了，她鑄出來的劍，也越來越有她個人的特色了。「而且，還是一個讓我認同的老友。」

「喔，」劍僮一笑，「對啊，她織出的衣服好厲害，不過，你當年真的拒絕她啊？」

「傻瓜，」我瞪了劍僮一眼。「我和她是老友，哪來拒絕不拒絕，當年替她鑄這七七四十九針組，我可是花了不少時間。」

「呵呵，師父，你幹嘛臉紅。」劍僮帶著調皮的笑。

「哼，有嗎？」

「不過，師父，有件事我就不太懂了。」

「什麼事？」

「師父，你最後拿到雪夫人針組的時候，為什麼突然皺眉？」

「妳發現了？」

「當然發現了，我是誰？我可是你的接班人哩。」

「這種話妳也敢講？」我拿起了針，在眼前的燭火前，晃動。「我訝異的原因，是針的本身……」

「怎樣？」

「沒有，完全沒有鈍。」

「完全……沒有鈍？」

「是。」我吸了一口氣，將針在燭火下照映著。「針鋒七分透光，三分收光，雖然走過漫漫歲月，但因為保養得宜，所以依然保持著針鋒最佳狀態，針，可是一點都沒有鈍。」

「啊？」劍僮一瞬間愣住。「那為什麼雪阿姨要說針鈍了？為什麼要找你來？」

「……」我沒有說話，只是沉默的看著針。

然後我想起了，雪夫人眼中，那一抹不易被察覺的哀傷。

數日後，我才知道，原來這場周天子的祭祀，對楚國紡織界來說，是一件大事。

這個秩序逐漸崩壞的亂世之中，東周天子雖然逐漸失勢，但仍然是名義上各國的共主。

而從周朝存在以來，每年的大事，便是周天子祭天。

就算是周朝逐漸失勢的現在，周天子依然保持著祭天的習慣，而基於對王朝的尊重，幾個檯面上的大國，都會派人參加。

中原晉為首，西方崛起的黑暗帝國秦，東方擁有驚人海資源的齊國，還有從蠻荒崛起的南方楚國，以及許多附屬的小國。

只是今年的祭天則有些不同，那就是周天子在祭天前三個月，派人發了一個急訊給諸國，上面寫著，「祭天之服已破，請諸國提供祭天之服，吾將遴選其中一件。」

這句話表面上只是衣服破了，請大家幫忙製作衣服，但事實上，所有的大國們都做出了完全不同的解讀。

這不是在選衣，這是正統的問題。

祭天是周朝最大之事，哪一國能提供祭天的衣服，也就代表最受周天子尊重，也就最「正統」，在這個周朝尚未完全崩壞的時刻，擁有正統的名義，可是很方便辦事的。

一句「你違背了正統」，就已經讓軍隊師出有名，可以輕易掀起戰爭，並且逼使對方的友國無法出兵支援。

一件給「天」看的衣服，掀起了各國的恩怨情仇，更讓整個裁縫界都沸騰了起來。

晉國、秦國、齊國，以及楚國，這些擁有悠久歷史，具備爭霸天下資格的強國，紛紛動用資源，要織造出一件讓周天子一眼就心動的祭祀之服。

在這樣的情況下，楚王理所當然找上了雪夫人。

而已經半封針狀態的雪夫人，知道眼前的情況非同小可，毅然答應了楚王，更在當晚，託人送給我一封信。

這封信既然出自老友之手，我當然義不容辭，也踏上了這次秋行之路，而雪夫人鑄針之事，更成為這次秋行兩大目的之一。

三日後，我將雪夫人的四十九根針，全部重新修過。

修針，講究的是細膩的工夫，比起鑄劍的要求截然不同，鑄劍要的是強度，要的是手感，要的是能夠承受千百萬次衝擊而依然故我的堅持。

但修針，卻是微小的工程，每根針的尖端必須修到最細，針肚的地方厚度必須恰到好處方便人的食指拿捏，面對各種不同的織法，更要配上不同的針形，才能繡出最美的圖樣。

比起鑄劍，修針的難度可是一點都不遜色。

而當我將所有的針還給雪夫人的時候，我吸了一口氣。

「小雪，我想你應該知道……」我把針放在一個盤子上，遞還給他。「也許，問題並不在針。」

「嗯。」小雪身軀一震。「你猜到了？」

「這七七四十九根針是我的心血結晶，加上你的細心保養，所以我們都很清楚，它們究竟有沒有鈍？」我嘆了一口氣。「問題不是針，更不會是你的手，所以……小雪，你的眼睛，是否已經受傷了？」

「啊？」雪夫人的表情先是一驚，然後五官瞬間放鬆，換成笑容。「你啊，過了這麼多年，眼光還是一樣犀利啊，是的……我鑽研各種刺繡縫紉技術，創造了不少傳說，但針線活這種事，畢竟傷眼，我的眼睛，經過了這些年，的確已經快要看不到了。」

「既然看不到了，又何必……」

「我知道，可是這次周天子祭祀之服的事，要面對的中原諸國，他們擁有何等深厚的文化，衣服上一條龍的鱗片，一隻鳳的羽毛，都比我們更有歷史，更有典故，要贏過他們，只能靠織工，只能靠我這雙手，還有……我這雙半殘的眼睛了啊！」雪夫人看著自己的雙手。

「我一定要贏，我要爭一口氣。」

「老友，」我嘆了長長一口氣，「爭一口氣，不過是一個虛名。」

「呵呵，老友啊，你知道，我不愛虛名，我要爭的那一口氣，並不是為了自己。」

「是為了……」我微微一頓，「楚王？」

「是啊，」雪夫人說到這，原本就略施脂粉的臉，線條又變得更柔和了。「是為了謝謝他的知遇之恩。」

「嗯。」

「我身為一個男人，熱愛紡織縫紉，陰陽難辨，在這個時代被視為怪物，但楚王卻信任我，給了我舞台，不但穿著我織的衣服，更將我的針織法推廣到全國，讓整個南方，都學習我的織法，織出一件又一件讓人喜愛的衣裳，也因為如此，我被人喻為雪夫人。」雪夫人說到這，臉上泛起了驕傲的光芒。「這一切，都是楚王給我的。」

「這一切，是你自己努力得到的。」我認真的說。「楚王只是一個識貨之人而已。」

「呵呵，有好的礦材，還是需要好的鑄劍師，而楚王就是那個鑄劍師，對吧？」雪夫人看著我，那雙兼具了女子明媚與男子剛強的眼睛，此刻淚光盈盈，讓我於心不忍。「這道理，我相信你比誰都懂。」

「唉。」我看著雪夫人，這一片刻，我懂了。「所以你心意已決？」

「是。」

「就算犧牲眼中最後一絲光芒，也要替楚王拿下那件周王的祭天之服？」

「是。」

「小雪……」我低著頭，沉默了半晌，到了此刻，我終於明白，我已經無法改變這個老友了。「關於那四十九根針，我修了……」

「嗯？」

「我在每根針上，塗上了些許的色彩，這些色彩有助於你分辨每根針，然後我在手指握針的地方，略微加粗，就算你眼睛看不清楚了，至少捏得住針，沒有了視覺，至少還有觸覺……」

只是我才說到一半，忽然，我的脖子被一陣溫暖給用力環住。

那是小雪的擁抱，貨真價實，數十年老友的擁抱。

「謝謝你，老友。」

「不客氣。」我笑了一下。「但你要記住一件事。」

「什麼事？」

「這次，可不是我甩了你，是你甩了我，是你不聽我的話喔。」我笑了，「咱們這兩個老友，可誰也不欠誰啦。」

「嗯。」小雪的語音已然哽咽，但讓我可以感覺到那濃厚鼻音下，暖暖的笑意。「一言為定，這次，我們誰也不欠誰了。」

「嗯。」我閉上了眼，這一剎那，我忽然有種預感，這可能是我今生最後一次見到這個老友了。

我相信，他一定會織出讓周天子與中原折服的祭祀之服，但他一定也會……失去他眼中最後的光明。

然後，熱愛各種織法，卻沒有了光明，沒有了顏色的他，恐怕只會選擇一條路……在她人生最後的高峰，在他完成了所有人的寄託，在他……終於甩掉我以後。

「再見，老友。」小雪抱著我的脖子，溫柔的說。

「再見，老友。」而我，同樣溫柔的回答他。

再見，老友，在這個亂世，在這個是非不明，悲傷混亂的亂世，再見了。

期望有那麼一天，我們會再見，然後我再繼續替你鑄針。

第九劍，申之劍。

如果可以，我們再交手一次，這次，不再是代表自己的國家，而是為了彼此，為了一個在這孤單的世界上，卻存在著實力相當，可以互相抗衡之對手。

如果可以，讓我們再交手一場。

離開了楚國，我和劍僮趁機繞上了中原，去感受一下深厚的華夏文化魅力。

一路上，聽到越來越多關於周天子祭祀的故事，原來這件事不只在楚國沸騰，在晉國這些大國之中，也是人人茶餘飯後的話題。

周天子，最後究竟選了誰的衣服？

據說，第一個打開衣服的，是齊國。

那時候眾人集中在祭祀的天台上，當齊國特使打開衣服的這一瞬間，現場出現了陣陣譁然。

因為那件祭祀之服，是藍色的，一大片海洋中，可見揚帆的船隻，可見海洋上翻騰的魚群，可見東方海洋之國齊國的氣勢。

周天子眼睛睜大，然後露出歡喜的笑容，歡喜的用力鼓掌。

接著，又過了幾件小國的衣服，第二個讓群眾喧譁的，是晉國。

那是龍與鳳，這兩大祥瑞之獸，盤桓在衣服的中心，大氣而華麗，更直接指出，位在中原中央的晉國，就是這兩大祥獸之主，我才是正統。

周天子再度露出歡喜的笑，笑容更勝東方齊國，鼓掌聲音更凌駕齊國。

就在晉國國君以為勝券在握之時，輪到了秦國。

這個崛起自西方，在崇山峻嶺間，打造黑暗帝國的秦國，他的衣服，上頭繡著一柄劍。劍色純黑，在衣服的中央，霸氣中透著濃烈戾氣。

「這是什麼意思？」周天子這次沒有歡喜的笑，反而皺起眉頭。

「若選我秦國，」秦國的代表，據說是兩大鑄劍名家中的一家，甘家。「以我秦的武力，必定能讓周重回真正的天子地位。」

這句話一出，現場登時靜默。

因為周朝的式微，向來是所有人心知肚明，卻又不肯明說的話題，這話題太敏感，又太刺激了，但霸氣的西方秦國卻一語道破。

只是，秦國這提議雖然誘人，實際上充滿了陷阱，周若選了秦，恐怕不是以武力重新找回地位，而是養虎為患，終將反噬周朝。

看著衣服上這柄黑劍，周天子打了一個寒顫，急忙揮手要秦國退下，而就在現場所有人籠罩在一片秦國恐怖氣氛之際，楚國的特使，登場了。

那是一個很美的特使。

儀態優雅，動作端莊，一身高雅美麗的服飾，更讓眾人的眼睛，不自覺的跟著她的典雅的腳步，一步一步的到了周天子面前。

「這是我楚國進貢之祭祀服，請看。」特使微微彎腰，周天子還忍不住吞了一下口水，這一剎那，他想要的不只是衣服，而是這個人。

這個美人，優柔尊貴之中又帶著讓人敬畏的陽剛正氣，這樣的美人，為什麼只有楚國有呢？我貴為周天子，也該享受一下吧？

「天子，請看。」這美人起身，手一抖，手上那件華服，順勢迎風展開。

這一展，所有的人都哇的一聲，發自內心的讚美。

一開始的哇，是讚嘆人的美，如此美人迎風展開衣服的姿態，瀟灑中帶著嬌豔，無論男女都怦然心動。

天台上，獵獵的狂風中，這件衣服胸口的圖樣，被盡情的舒展開來，那是一幅遼闊的中國地圖。

地圖上，有平原遼闊的中原晉國，有佔領海岸線的東方齊國，有幽深強悍的秦國，更有河川密佈的楚國，還有已經崛起的吳國與越國。

這張地圖不只浩瀚，而且還精細，每個地圖上的景物與顏色都栩栩如生，這已經不是普通的織品，更不是各國為了彰顯自己國家特色的炫耀品。

而是藝術，百分之百的藝術。

「好美。」周天子嘴巴大張，一絲口水從嘴角滑落，此刻的他，完全沒有真命天子的儀態，反而像是癡迷的崇拜者。

不過周天子倒是不用太自責，因為現場所有的人露出同樣癡迷的表情，因為不只人美，地圖更美，這場競賽的結果，到了此刻，已經毋庸置疑了！

不過，在流滿口水的眾人中，倒有一人依然保持著沉穩的神情，他嘴角甚至微微上揚起來。

「要織出這樣的衣服，普通的針肯定辦不到，這些針，不會又是你鑄的吧。」那人身穿黑衣，代表的是秦國。「如果真是這樣……」

這個黑衣男子，似曾相識，他露出笑容。

「那我甘將，很期待和您老再交手一次啊，魚腸劍的鑄劍師。」黑衣男子果然是甘將。

北方首席鑄劍名家中的第七子，被喻為鑄劍奇才的少年，甘將。

而秦國衣服上那柄黑劍的設計，更是出自他的手，靠著刺繡上的一把劍，就可以展現秦國驚人的霸氣與殺氣，更可見此人的鑄劍工夫一流。

而當眾人讚嘆聲落幕，雪夫人翩翩下台，所有人包含周天子，才像驚醒一般，開始到處詢問雪夫人的真實身分。

而雪夫人的臉上則始終保持著一個神祕而高雅的微笑，小心翼翼的離開了天台。

他知道他完成了，終於完成了，完成今生最後一次紡織的極致挑戰了。

他，不再虧欠楚王了。

但，他過度使用的眼睛，恐怕已經撐不過半個月了。

「師父，那雪夫人，為什麼能織出全中國的地形圖啊？」劍僮聽完了路人們說完了這場周天子的故事，忍不住問我。

「我給的。」

「啊？」

「每年的秋行，我們的足跡已經遍及了大半個中國，那些地圖與風水產物，是我給的。」

「師父，你好厲害。」

「我哪裡厲害？」我搖頭，「將這一切織成一件衣服的人，才是真正厲害。」

「呵呵，你在我心中，一直都很厲害。」

「什麼不好學，學妳雪阿姨這種諂媚的說話方式。」我瞪了劍僮一眼，而劍僮則調皮的吐了吐舌頭。

「才怪，我是真心的，雪夫人對你的依戀，一定也是真心的。」劍僮衷心的說，「如果你當年答應了他，他也許就不會選擇為楚王犧牲自己的雙眼。」

「哼。」我不再說話，微微皺眉後，腳步加快。

「啊？」而劍僮似乎知道自己說了不該說的話，急忙追了上來，然後開口說道：

「師父，我們已經繞過了中原，接下來要去哪？你說我們此行有兩大目的，第一大是替雪夫人鑄針，那第二目的呢？」

「第二大目的啊。」我的步伐減緩了。「我們要去吳國了。」

「當真……要去吳國？」劍僮遲疑。「師父，你還沒改變主意？」

「當然沒變，所以未來的日子裡面，」我回頭，對劍僮露出一個笑容。「妳身上至少要帶著兩把劍，一劍外顯，一劍內藏，而且劍不可離身，因為……」

「正是。」

「因為，我們要和當年那持有隕鐵的九十八人對決了？」劍僮吸了一口氣，語氣戒慎。

「師父，我們都走到這裡了，你總該和我說，為什麼我們要去吳國了吧？」

「嗯。」我點了點頭。

「師父不要只是點頭啊，要認真回答我的問題啊！」劍僮跺腳。

「我們要去完成一場比試。」

「一場比試？」

「一場以劍為名的比試，表面上比的雖然是劍，但實際比的卻是軍法佈局，比的是兩國命脈，若真的要分出勝負，恐怕會牽連數萬人性命，故此……能用劍比一比就好了。」

「聽不懂。」

「呵呵，」我笑了，「那我說簡單一點好了，這是神與鬼的對決。」

「啊？」劍僮眼睛睜得更大了，她顯然又更聽不懂了。

「我會幫的，是鬼。」我閉上眼，「但我很期待，對方如果是神，那會是誰來幫他呢？」

「師父……」劍僮的嘴巴完全嘟起來了。

這表示，她已經完全生氣，完全不想理我了。

而我只是默默的抬頭向天，神與鬼，你們是目前春秋戰場上兩個傳說，一個縱橫戰場十餘年，未嘗一敗，故被人稱為「軍神」。

一個宛如新星崛起，以各種詭異戰術連敗周邊各國，但戰術太詭異，手段太兇殘，於是被稱為「軍鬼」。

你們若以劍為名進行對決，究竟誰會獲得最後勝利呢？

我們一路上小心翼翼的前進，盡量不顯露我們鑄劍師的身分，只有偶爾劍僮會像是失心瘋一樣，拿了這些年來鑄劍賺的錢大肆揮霍，揮霍之後，搬不走的，只好託人以快馬送回我們的劍寮。

「女人啊，」我嘆氣。「真是女人啊。」

「師父你幹嘛一副遺憾的樣子？」劍僮每次揮霍完，恢復了正常，就會繼續撒嬌宛如小女兒。「師父，你有過愛人嗎？」

「沒有。」

「真的沒有？你年輕時候沒有談過戀愛？」

「沒有。」

「騙人，每個人都有，你一定是不肯說，啊，難道……」劍僮用力拍了一下手掌。「難道是……雪夫人？」

「妳在亂說什麼？」我瞪了她一眼，「我和雪夫人是多年好友，是好友。」

「是，」劍僮看到我的眼神，身體縮了一下。「那師父，你真的沒對女人動過心嗎？」

「對女人動過心？」我慢慢的吸了一口氣，這問題，觸動了我內心最深處，那最隱密的區塊。「曾經，有吧。」

「真的嗎？是誰？在哪？幾歲？對方是誰？對方美嗎？你有表白嗎？對方怎麼表示？你們有牽手嗎？你們接吻了嗎？你們——」

「夠了。」我邁開步伐，繼續往前，腦海中的回憶卻不受控制的奔流起來。

滿是傷口的逃亡，夜晚那悄聲的沉默，她嬌俏的身影，以及她最後說的那句話……

「我想到一個辦法了。」她語氣溫柔的讓我心碎，「想到一個辦法讓我不要殺你，保你逃出吳國了。」

回憶奔流，而我只能沉默，沉默的快步往前走著。

「師父，師父，對不起啦。」劍僮看到我沉默快走，急奔而來，「我不該問的，師父你不要介意啦。」

「嗯。」

「那我可以問另外一件事嗎？這件事你應該比較不會生氣。」劍僮的表情還是充滿了好奇。

「幹嘛？」

「師父，你鑄的第一把劍是什麼？」

「嗯。」

「這可以講嗎？」劍僮語氣哀求。

「我很小，十歲。」我慢慢的說著。「子時，月圓，南方山巔。」

「啊？這麼小？」劍僮一愣，「師父，你鑄劍的年紀，比我還小？」

「是。」我慢慢的說著，也許是因為秋行的緣故，也許是因為剛剛告別了老友雪夫人的緣故，更也許是因為一場緇緊的神與鬼對決即將開始的緣故，又也許是最近在打造隕鐵的緣故……許多許多的緣故，讓我說出了第一次鑄劍的經驗。

「嗯。」

「我從小就愛劍，喜愛跑劍寮，看著村內煉劍的叔叔打著赤膊鑄劍，更喜歡看著劍慢慢成形的樣子，而就在那一晚。」我慢慢的說著，那月色明亮的晚上，歷歷在目。「叔叔不在，突然一個女人來了。」

「一個女人？感覺好緊張！」劍僮眼睛睜大。
「可惜不是妳想的，那女人就是村裡的一個姑娘，二十幾歲，那女人表情倉皇，她想邀劍，說她深愛的一個人要走了，她想要送他劍。」
「嗯。」
「一開始我說叔叔不在，她看著我，突然說起了她的故事，她的故事其實很平凡，但也很感人，說她愛上了一個素昧平生的男人，那男人是逃兵，但卻是相貌堂堂，眼神深沉內斂，她肯定那男人將來會成大器，所以當那男人要走，她知道自己留不下他，卻偏偏又捨不得他，所以她翻箱倒櫃找出僅存的積蓄，要送那一柄劍給男人做紀念，請他不要忘記了她。」
「嗯，好深情。」
「是啊，因為叔叔不在，而我又被那女人感動，於是我拿起了鎚子，回憶起這幾年叔叔鑄劍的模樣，依樣畫葫蘆的打造了一柄劍。」我慢慢的說著，「當時我雖然卯足了全力，但我知道那劍充其量只是一把粗製濫造的便宜劍。」
「嗯，那後來呢？」
「那女人將劍送給了那男人，那男人還是走了，而後來因為戰亂，村莊也散了，我一直想著，那把劍究竟到了哪裡？後來我在他國又與那女人重逢，只是她年紀也大了，依然沒有那男人的消息，但我知道，她仍在等。」我嘆氣。「等那把劍，等那個男人。」
「那師父，如果你有天遇到你的第一把劍？你打算怎麼辦？」
「哈哈，那是不可能的。」我搖頭。「我們自己是鑄劍師，很清楚劍的壽命，那劍的鑄法太粗糙，不可能撐過這麼長的歲月，肯定早就鏽了，折了，也許被混入了大批廢鐵中，然後重製成別的兵器了。」

「真的啊？」劍僮突然跳到我面前，認真的看我的臉一會，然後笑了。「可是師父，我不這樣覺得欸。」

「嗯？」

「我覺得，有天，你還會遇到那柄劍。」劍僮伸出食指。「這是女人的預感。」

「女人的預感？哼。」我冷笑。「妳說的是哪一種女人？把鑄劍的錢拿去亂買東西的女人？還是能預知未來的女人？」

「師父！」劍僮瞪了我一眼，「你真傻，這就是女人，你不懂的啦，這，就是女人啊。」

「嗯。」

「難怪你一直沒談戀愛。」劍僮笑，「師父，你真的不懂啦，女人比劍還難懂，還難懂很多倍啊。」

看著劍僮，我突然有種感覺，當年那個被拋棄在我家門口，哭到滿臉鼻涕眼淚的小女孩，長大了。

果真長大了。

我仰起頭，看著此刻秋高氣爽的天空，我的第一柄劍，我會再遇到你嗎？

如果真有女人預感這東西，在這件事上，我倒是願意相信呢。

這趟秋行，有了劍僮，一路上說說笑笑，倒也不寂寞，終於，我們進入了吳國境內。

一進到吳國境內，穿過關卡開始，立刻可以感受到劍僮緊張起來。

因為這裡是吳國，這裡是現今南方聲勢最旺的王國，這裡，更是我鑄下魚腸，創造九十八把劍傳說的地方。

九十八把劍，曾是吳國戰場上令敵人聞風喪膽的前鋒部隊，後來因為九十八把劍形狀功能特異，加上這九十八人武藝高強，更成為吳國專司暗殺的刺客集團。

他們殺官，殺將，連王都敢殺。

他們締造了吳國的傳奇，但，也不時傳出九十八把劍有人陣亡或折損，卻無人遞補的悲歌。

有人甚至說，九十八把劍，現在已經剩下不到六十把了，有人則認為更少，也許三十把都不到，但卻沒人敢確定，因為所有人都知道，九十八把劍就算只剩下一把，依然可怕。

依然，可以在無聲夜晚，摸走你的頭顱，讓你成為一縷無奈的亡魂。

所以，劍僮開始緊張，畢竟她鑄了這麼多劍，終於，要真的見到傳說了，九十八把劍的傳說。

而且，我們才剛進到了吳國的第一家客棧，走進了房間，馬上就發現我們房間的桌子上，被人用水寫了一行字。

水漬未乾，顯然剛寫不久。

「您到了，鑄劍師，我等您很久了。

蠡。」

「蠡？」劍僮見到這行字，心頭一凜，右手急忙抽劍，環伺著這個房間。

「別緊張啦，那傢伙走了啦。」我搖頭，拉了一張椅子坐下。

「走了？師父，水漬未乾，所以他才離開不久而已。」劍僮慢慢收回了劍。「但師父，此人以水寫字，表示他將我們的時程算得極準，是高手！師父，他是九十八人之一嗎？」

「不是，這人不是，但嚴格來說，他比九十八人還可怕。」我看著桌上的水漬慢慢的乾涸。

「還可怕？」

「因為此人擅長的不只是武功而已，他可怕的是戰術，」我嘆氣。「更重要的是他的心機。」

「心機？」

「水未乾，表示他將我們進入客棧的時間抓得極準，不只彰顯了自己的實力，更重要的，他正在製造壓力，讓我們夜晚不敢熟睡，白天疑神疑鬼。」我冷笑。「一個小動作，就想告訴我們，你有多厲害嗎？范蠡啊。」

「范蠡？……是和『軍神孫武』齊名的戰場傳說，軍鬼范蠡？」劍僮眼睛大睜。「所以，師父我們來吳國的原因，要讓神和鬼對決的人，就是他？」

「嗯。」我拿起了桌上的茶，涼茶，好喝。
只是茶雖涼，但涼意中卻透著一股奇異的微微辛辣。
辛辣，來自空氣中，不該有的劍氣。
「嘿，劍僮。」我又啜了一口茶。
「嗯？」
我慢慢的把半口的茶，含到嘴中，然後順著下顎，慢慢溼潤了咽喉。
然後，我放下茶，淡淡的笑了。
「備戰吧。」
「嗯？」
「妳問范蠡是不是九十八人之一，我說不是。」我語氣如常。「但，真正九十八人之一，來了。」

來的人，我無法確定他在九十八之中，排行第幾？但我猜，應該在六十到八十之間。
會這樣猜，是因為若是排行在八十之後，他的劍氣應該早就被我和劍僮發現，而無法成功埋伏在房門外。
但他的排行又不可能太前面，因為如果他的排行在六十之前，他應該可以成功的逃離這個房間，而不是在我和劍僮面前，成為一具無奈的屍體。

是的，他被殺了。

手持微量的隕鐵，他的劍，走的是狂暴風，他的劍柄尾端鎖著一條鎖鏈，纏繞在他的腕部，當他甩動手腕，粗大的劍會像是流星鎚一樣，橫掃掉眼前每個生靈。

當初我打造這柄流星劍時，是希望他能成為清掃戰場的猛將，或負責部隊撤退時的最強後盾，但到此刻我才明白，原來流星劍在這個空間有限的小房間內，恐怖程度會增加好幾倍。

小空間內毫無閃避空間，對上這種威力絕倫的武器，簡直就是一招定生死。

只是他的恐怖，必須打上幾個折扣，因為他的對手，是劍僮，和我。

劍僮的劍，也是出自我手，多年來我看著劍僮成長，我替她打了一雙軟劍。

但這可不是一般的軟劍，這軟劍外柔內剛，軟，所以能捲住敵兵，硬，則是只要透過劍僮的手勁，就可以絞斷對手兵器。

這是女子之劍，而且還是最強的一種女子之劍。

加上這些年來我對她武術的要求，以及她自身的苦心造詣，她的身手其實已經不遜於九十八劍的高手了。

當她面對眼前如同狂風暴雨般的劍舞，她抽出了劍，沉吟了半晌，然後踏出了第一步。

這一步踏出去，我拿起了茶，笑著飲了一口。

這是坤位，也就是活門，流星劍舞動有其規則，有些位置，有些角落，可以避開流星劍的威脅。

只見劍僮放下了對九十八劍的恐懼，雙眼綻放精亮光芒，往前踏入了宛如狂風暴雨的流星劍舞之中，然後劍僮柔軟如柳樹，在風雨中輕搖身軀，竟一步步踏入了這風雨的核心，也就是刺客的面前。

刺客臉色微變，原本單手使出流星劍，為了提升威力和速度，換成了雙手。

也就在單換雙的關鍵時刻，我放下了茶杯，說了一句話。

「四吋，往上。」

劍僮何等聰明，在瞬息萬變的亡命瞬間，她手上軟劍對準對方流星劍的四吋之處，往上一刺。

碎了。

流星劍碎了，那名刺客驚恐，想要退，但劍僮的第二劍已經來了。

「活口嗎？」劍僮的劍高速往前，在抵達刺客胸口前，她看向我，眼神問了我這個問題。

而我只是搖頭。

「懂。」然後，劍就這樣穿過了刺客的胸膛，沒有太多血，只有一絲宛如藝術的鮮紅血線，流過了劍僮的劍脊。

劍過胸，刺客臉上表情先是驚訝，然後卻是明白一切的苦笑。

「鑄劍師父，果然是你。」

「你還記得我？」

「當然，當年你就和我說過，流星劍看似殺傷力強悍，事實上是一種防禦之劍，只要我不斷舞動，敵方就算高手也很難近身。」流星劍刺客露出笑容，看著我。「但唯一要小心的，若想要提升威力，將單手換成了雙手之時，那會是最危險的致命時刻。」

「是啊，這麼多年，你真的還記得啊？」我嘆氣。

「當然，您老回來啦。」流星劍刺客笑，「真的是您老回來了，既然是您，那您知道我們九十八人的規矩。」

「當然。」我看了劍僮一眼，「劍僮，給他一個痛快吧。」

「啊？」劍僮一愣。

「九十八人，不會有人洩漏同伴行蹤。」我嘆氣，「留活口也沒用，不如給他一個痛快，他死後會是一個英雄。」

「是。」劍僮一咬牙，手上的劍一送，整個劍刃都穿過了流星刺客的背部，這一下重手，頓時奪走了流星劍客最後的生機。

「謝謝鑄劍師父。」流星劍刺客一笑，笑容中，他瀟灑離開了這個亂世。「謝謝。」

終於徹底的離開了這個亂世。

「師父。」倒是漂亮獲勝的劍僮看著地上的屍體，額頭浮現一滴罕見的冷汗。「師父，這樣的人，共有九十八個嗎？」

「妳怕嗎？」

「怕。」劍僮吸了一口氣。「我剛剛刺入他胸膛的時候，其實可以感覺到他手上流星劍已經繞了回來，滑過我後腦的髮絲，要是我的劍晚了一點點，就一點點，那流星劍肯定穿我腦而過。」

「所以，妳也覺得他是高手。」

「超級高手，我能幾招內殺他，全靠師父您提醒的時機，若真的打，我就算能贏，也會贏得非常辛苦。」劍僮苦笑，「他在九十八人之中，算厲害嗎？」

「比他厲害的，至少有六十個人。」我說。

「他的實力在後面三分之一？」

「差不多。」

「那最強的九十八劍，到底有多強？」

「妳記得剛剛在桌上用水寫字的人嗎？」

「嗯。」

「九十八人之中，有二十人有這樣的實力。」

「喔。」劍僮吸了一口涼氣。「二十人？這麼厲害？那九十八人最厲害的……」

「九十八人之中，最厲害的，不在其中。」我淡淡的說。「是第九十九把劍。」

「啊？九十九？」

是啊，那個手握鑄成魚腸劍的男人，他能夠刺殺南方第一高手吳王僚，他能夠面對九十八個劍客而面不改色，他能夠為了母親與妻兒從容赴死，他能夠笑著說狗屁蒼生……編號九十九的他，在我心中，才是最厲害的一柄劍。

「師父，你怎麼沒有回答我……？」劍僮看我在發愣，追問道。

「沒事，只是想起了一個老朋友，」我喝乾了眼前的這杯涼茶，「既然我們的行蹤已經暴露，我們只能拚命趕路，來爭取時間了，我們快走吧！」

一路上，那個以水寫字的人，不斷引導我們。

他是范蠡，人稱戰場之鬼，親自從越國出馬，主導這次的比試，也幸好是他，深諳各種陰謀詭計，所以他能掌握九十八人的邏輯，所以一路上，我們雖然遭遇了幾回九十八人的突襲，但始終沒有遇到太危險的狀況。

終於，我們抵達了比試之所。

這裡是一個破敗的劍寮，雖然破敗，卻應有盡有，所有的劍爐都依然可以使用。

然後，我們看見了范蠡。

「恭喜你們平安抵達這裡。」范蠡手握殘劍，坐在炕上。「坦白說，你們一路也殺了幾個九十八劍吧？」

「三個。」我嘆氣。

「果然是三個，那是流星劍，排行八十四，蜂尾劍，排行二十一，還有一個虎頭蛇尾劍，排行六十一吧？」范蠡果然對九十八劍瞭若指掌，「如果再加上我殺的，九十八劍，這趟可是損失了四個人。」

「幹嘛不一起上？」劍僮這時發問了。「如果一起上，威力一定會更強吧？」

「不一定。」范蠡看向了我。「這九十八劍的鑄劍師在這裡，妳可以問問妳自己的師父啊。」

「九十八劍的主要作用是在戰場上廝殺，是要以寡擊眾，如果他們合作，面對單一敵人，反而會礙手礙腳，」我慢慢的說著，「九十八劍會淪為吳王闔閭和伍子胥暗殺工具，是始料未及的。」

「是喔。」劍僮嘆氣，「好可惜喔，流星劍和雙蛇劍就算了，但蜂尾劍真的很厲害，我會贏，真的都是靠師父……」

排行二十一的蜂尾劍，劍主是女性，蜂尾劍其實是一組小劍，一組共有七把，每把小劍都纏有細繩，原本是希望劍主能將小劍當成暗器刺穿敵人的要害，然後透過細繩將小劍回收。

但七劍要鍛鍊實在太難，我記得當年我離開吳國時，這排行二十一的劍主，只練到了五劍。

五劍，要縱橫戰場已經綽綽有餘。

如今這次與劍僮交手，我看見她使出了六劍，六劍在房間內快速飛舞盤旋，如同六隻殺氣騰騰的狂蜂，將劍僮與我包圍。

劍僮不是這女人的對手，更被殺得措手不及，軟劍節節敗退之際，我出手了。

我很少出劍，但我的劍經過了魚腸，經過了吳王僚之後，經過這些年的鑄劍，其實已經與以前大不相同了，只用一字「絕」，我就瓦解了宛如蜂群的劍陣，劍柄壓住了那女人的咽喉。

那女人看著我，忽然笑了。

「鑄劍師父，果然是你，你果然回來了。」

「我是回來了，」我望著蜂尾劍這女人的雙眼，她的雙眼有我好熟悉的明媚，「為什麼會是妳出來？他們不知道，我和妳妹妹之間的……」

「我自願的。」那女人溫柔的笑。「當年你從吳國逃走，九十八人兵分十路，展開南方大搜索，當所有人都回來了，唯獨我妹妹那路的三人，卻一個都沒有回來……」

「嗯。」

「我想，只有我妹妹找到了你吧？」

「對。」我沉默了半晌，回答。「只有她能……找到我。」

「那她呢？」

「死了。」

「我想也是。」女人的咽喉被我的劍柄壓著，沉默了半晌，也嘆了一口長長的氣。「她啊，徹頭徹尾就是一個傻瓜。」

「但沒有她，我現在可能無法在這裡。」

「這就是她想幹的事吧？」蜂尾劍女子溫柔的笑。「她另外兩個同夥，一個該是冰封劍，一個是龜紋劍，他們是誰殺的？」

「一個是我，一個是她。」

「喔。」

「抱歉。」我鬆開了劍柄，語帶歉意。「真的抱歉，我沒能救下她。」

「別自責，我了解我妹，如果她想活，沒人能殺得了她，但如果她想死，肯定沒有人能改變她的主意。」蜂尾劍看著我，「你不用自責，我只是想知道，她死前，是笑的嗎？」

「……」我閉上了眼，回想起村莊的最後一個晚上，她選擇了離開，在我的臉頰輕輕一吻，然後說，她身為九十八劍，如果留下來，她會害死自己的姊姊，但如果回去，又會害死了我。

所以，她想到了一個好辦法。

一個她認為兩全其美的好辦法。

我記得那晚，我連續逃亡精疲力竭，轉眼就睡去，睡得很沉，沉到她離開我都沒注意到。只是她離開了，卻再也沒有回來了。

「怎麼樣？她死前是笑的嗎？」

「我想是吧……」我嘆了一口氣。「那晚她笑著說，她想到一個好辦法，然後，她就再也沒有回來了。」

「一個好辦法？」蜂尾劍的女子聽到這，微微一愣，旋即懂了。「你說不用害到你，也不會害到我的辦法嗎？」

「嗯。」

「傻瓜。」蜂尾劍嘆了一口好長好長的氣，然後忽然笑了。「那我也想到一個好辦法了。」

那個笑，那個笑竟然和當年她臨走前一模一樣，一模一樣！

「不可！」我大吼，但蜂尾劍手上的劍，卻突然都消失了。

然後等到我發現了這些劍，這些劍已經全部插入了蜂尾劍的七個大穴內，那是一種沒有任何轉圜餘地的，自殺。

「蜂尾……」

「鑄劍師父啊。」蜂尾劍看著天空，氣息越來越弱，「有時候，我問我自己，這些年來，我們九十八劍到底在做什麼？」

「嗯。」

「當年，吳國快被楚國滅國之時，我們臨危受命，從全國各地，甚至僑居他國的吳國子民都祕密歸來，只為了保護我們的祖國，而當時你更從隕鐵中鍛鍊出九十八劍，一把一把，都代表著吳國的精神，勇敢、頑強與犧牲。」蜂尾劍看著我，我從她的眼中，看到了對過去那段勇敢歲月的懷念。

深深的懷念。

「嗯。」

「那時的你先仔細觀察我們人格與武術特質，然後打造出一把把專屬我們的劍，這些劍乍看之下奇形怪狀，事實上卻能將我們的殺傷力推上十倍以上，讓我們深深折服。」說到這，她露出了調皮的笑了。「當我拿到七把蜂尾劍之時，可是一點都沒玩過飛刀呢，誰知道，這才是真正適合我的劍。」

「嗯。」

「然後，我們成功的擊潰了楚國，接著吳王僚奪權，你被驅逐，我可以感覺到，我們九十八人裡頭出現了雜音，我們是因為一個信念而聚集的，但這個信念卻正被衝擊著。」蜂尾劍身中七劍，面容已經出現了死相，但也許是迴光返照，此刻說話反而多了起來。

「嗯。」

「有人想追殺你，有人則拒絕，而後來，吳王僚被刺殺，我看到了專諸拿出那把魚腸時，我忍不住低語，『是你，肯定是你。』我相信現場所有九十八劍的人，都這樣想。」

「嗯。」

「魚腸太絕，太絕了，我們九十八劍竟然都來不及攔截專諸，加上吳王僚對自己的武藝極具信心，稍微疏於防備，魚腸得手，整個吳國一夕變天。」

「嗯。」

「接著我們九十八劍被公子光收服，當然也死了幾個不願意服從的夥伴，而公子光的命令更狠，他要你的人頭。」蜂尾劍嘆氣。「這是我們九十八劍從創始以來，最不願意完成的命令。」

「唉。」

「那時，我的妹妹一去不回，我就知道，她一定找到你了，」蜂尾劍看著我，眼光慢慢泛起了淚，「而我更知道她的個性，她一定死了，不然她一定會給我訊息。」

「嗯。」

「但你知道嗎？其實我很羨慕她，非常，非常。」蜂尾劍說到這，溫柔的笑了。「因為她不只找到你了，而且死的時候，還在你的身邊……」

「……」我默然了。

「鑄劍師父啊，所以你回到吳國，我自願出來狙擊你，你可知道為什麼？」蜂尾劍甜甜的笑了。「因為我也想和我妹妹一樣，要死，也要死在你的懷中。」

「嗯。」

「如果時光可以倒回，我好想回到那個急召九十八劍回國的時光，那個你替我們鑄劍的時光，」蜂尾劍閉上眼，她的長氣吐完了，她的生命，這段見證了吳國興衰起落的生命，就要結束了。

說完，她長長的，長長的，吐出了一口氣。

當蜂尾這口鬱悶在胸口的長氣吐盡了，她不動了，帶著微笑，從此不動了。

而我依然抱著仍有餘溫的她，沒有動，此刻的我，過去那段熱血奔騰的時光，也刺痛了我的心。

一紙亡國求救令，九十八個勇者，從各地湧來，一個接著一個，站在你的面前，他們的笑容，當時是何等的純淨，而你也因為這股熱情，創造了自己人生的巔峰，九十八把劍。

但時間慢慢過去，什麼都變了。

都變了……

「師父，」一直到劍僮輕輕喚了我，「該走了。」

「嗯。」

「范蠡，在等我們了。」

「好，走吧。」我放下蜂尾劍的屍體，緩緩的起身。

「師父，對不起。」

「為何說對不起？」

「我不該說你不懂愛情。」劍僮低下頭，「我不知道你曾經……」

「傻孩子。」我搖頭，「我是不懂愛情啊，這世間，誰又真的懂呢？」

「嗯。」

「不過，現在最重要的，是避免戰亂造成死傷。」我凝目看向遠方，放下了縈繞在心的哀傷。「神與鬼的比試，就要開始了。」

神與鬼的戰爭，就要開始了啊。

第十劍，酉之劍。

「這場神與鬼的對決，馬上就要展開了。」范蠡獰笑，「馬上就要展開了啊。」

殺敗二十一號的蜂尾劍之後，我與劍僮一路沉默，抵達了與范蠡約定好的劍寮。

這間劍寮已經有些破敗，但該有的鑄劍工具、火爐等等，倒是一應俱全，牆上許多破損的劍，依然掛著，沒有被收走。

范蠡挑選這處，擺明了就是要用鑄劍和兵法，與孫武好好分一個高下吧？

「你們一路趕路，要不先休息一下。」范蠡一笑，「這場比賽，馬上就開始了。」

「馬上就開始了？」

「是，」范蠡微笑，「因為我已經想好，要怎麼引出孫武了，鑄劍師父，你還好吧？」

「我當然好。」

「是嗎？」范蠡眼睛閃爍著犀利光芒，冷笑。「感覺上，從你殺敗了蜂尾劍之後，就顯得心事重重，怎麼？勾起了不少回憶了嗎？」

「哼，」我看了范蠡一眼，「怎麼？想要分析我？」

「呵呵，怎麼敢？」范蠡乾笑，「就怕您心神不寧，應付不了接下來的比賽啊。」

「這你就甭擔心了，我是一名鑄劍師，對劍有一定的堅持，要鑄劍，就會鑄出最好的劍。」

「是，是。」范蠡笑，「這我相信，當年我們攜手一起逃出吳國，你後來鑄出來的那把殘劍，的確是傑作。」

「哼。」我決定不再理會范蠡，我只是走到劍爐的前方，點上了火，然後慢慢的吸了一口氣。

身為鑄劍師，凝視這片壯烈的火焰，反而能讓我找回心靈的平靜。

就在我放鬆的這一瞬間，忽然，周圍寧靜了下來。

原本范蠡的說話聲，人身上衣服摩擦聲，遠處馬車與人聲，都安靜了下來，然後，我聽到了劍在竊竊私語。

劍怎麼會竊竊私語？那是世間萬物，如光，如風，當碰到劍體表面時，劍會迴盪出來的音頻，每把劍都有自己獨一無二的音頻，只是一般人耳朵無法捕捉到這音頻，那是鑄劍師才能聆聽的領域。

專屬於鑄劍師與劍，溝通的神祕領域。

而這些音頻，若加以放大或利用，有時還能成為驅蚊工具甚至殺人武器，在山中追尋隕鐵的那趟旅程中，已經得到了證明。

當我的心越靜，劍的竊竊私語就越清楚，然後我感到心臟陡然一縮。

怎麼？屋外有劍？

兩把，而且鋒利絕倫，這是絕世高手的劍？

他們安靜，穩定，深沉，似乎已經在屋外許久，如同威猛的巨虎與蒼鷹，冷靜的看守著他們的獵物。

而所謂的獵物，當然指的就是我們。

當這兩把劍一出鞘，唯一可以肯定的是，我們這群活獵物，會變成死獵物。

「有兩個人，埋伏在劍寮周圍。」我睜開眼，保持著語氣淡然。

「有兩個人？怎麼可能？」范蠡眉頭瞬間一皺。隨即又鬆開。「好傢伙，不只我沒發現，連我的情報組織都沒發現他們，這樣厲害的劍，九十八劍中最強的劍應該出鞘了吧！」

「嗯。」我沒回答范蠡，但我心中已經浮現了兩個男子的身影。

一個身穿黑色長袍，袍上綴著點點黑金色裝飾，他消瘦，高挑，黑劍鞘，宛如蒼鷹，他姓曹，他手上劍的名字，我更是清楚記得，那叫做「一快」。

另一個穿著樸素的灰色粗衣，宛如僧人，沉穩，低調，手上的劍藏在長木棍裡，他宛如森林巨虎，不動則已，一動則是驚天動地，他姓荊，手上的劍，叫做「一慢」。

他們兩個，的確是九十八劍中的前二強，毋庸置疑。

「原來是你們。」我提氣對著門外低喝。「難怪蜂尾劍之後，再無其他刺客，原來你們到了，一快，一慢，你們好嗎？」

聽到一快一慢四字，門外瞬間殺氣湧現，宛如海面上狂湧而出的大浪，但在下一剎那，快慢二劍，又回到古井不波的深沉。

但這瞬間的殺氣，已經清楚回答了我的問題，門外的兩人，果然是姓曹和姓荊，果然是九十八劍中的前兩強，快慢二劍。

「一快？難道是九十八劍中的曹姓快劍，」范蠡腦海中快速翻找出他對九十八劍的記憶，「有人說，他是九十八劍中的最強者，傳言他曾孤身走入晉國刺殺其中的大將，大將派出十幾名用劍高手圍著他，他只是拔劍而已，瞬間十幾名劍客都穿喉而死，他的劍太快太駭人，連我也只聽過他名字，或者說，見過他面的人，全都死光了。」

「這麼快？」劍僮眼睛大睜，「拔劍瞬間，就刺穿十幾個高手的咽喉？」

「但真正稀奇的是，這柄快劍，稱霸九十八劍，但唯獨對付不了另一把劍。」范蠡沉吟。

「也就是一慢。」

「快劍對付不了慢劍？」劍僮疑惑。「快劍如果夠快，慢劍根本來不及揮動，劍客就被殺死了，快怎麼會對付不了慢？」

「他們那場比試，一開始所有人也都都覺得快劍必勝，但曹姓劍客一開始就已經用盡全力，手上的劍光一閃，就出了一百九十一劍。」

「一百九十一劍？」劍僮掐著手指數著，臉上盡是驚訝。

「據說，這是曹姓劍客的極限，因為他知道對手夠強，所以他一出手就要分出高下。」

「那荊姓劍客……」

「荊姓劍客卻只出了……」范蠡說，「一劍。」

「哇，一劍？那荊姓劍客不就死定了？」劍僮彷彿身歷其境，語調也緊張了起來。

「全擋了，漫天花舞，招招斃命的一百九十一劍，竟全被那一劍給擋了下來。」

「哇。」劍僮訝異，「一劍就擋盡一百九十一劍？這到底是……」

「劍僮，劍的世界，可是很深奧的。」這時，我開口了。「快勝不了慢，因為慢得有道理，因為慢才能後發先至，慢才能掌握一切，荊姓劍客懂，曹姓劍客也懂，但他達不到慢的境界，只能試圖用更快來擾亂慢。」

「快勝不了慢，因為慢才能掌握一切？」劍僮默默的唸著，忽然，她像是想到什麼似的。「師父，慢劍這樣厲害，當時專諸用魚腸刺殺吳王僚的時候，他在嗎？」

專諸刺殺吳王的時候，他在嗎？

這句話一出，我感到門外兩把劍的劍氣又微微抖動了一下，隨即又收回了原本沉靜狀態。

看樣子，專諸魚腸劍的震撼，至今仍對他們造成深深的影響。

「在。」

「在？所以他們沒能擋住專諸？」

「這世界，應該沒有人能擋住當時的專諸吧。」我淡淡一笑，「因為他已經不是快與慢的問題了。」

「那是什麼？」

「真正的絕。」

「絕……」

「不過要到絕，是要用所有的東西去換的，我們好好的吃烤魚，何必把自己弄到絕的境界？」我嘆氣。

「師父，我還有件事不懂。」劍僮又繼續提問題。

「什麼問題？」

「他們這麼厲害，如果他們要殺我們，早就成功了，為什麼他們遲遲不動手？」

聽到這問題，我沒有立刻回答，只是淡淡的嘆了一口氣。「也許，他們和蜂尾劍一樣，都感到疑惑吧？吳國這些年，真的有些變了。」

「變了？」

「那個熱血的時代已經過了，現在的吳國，在公子光和伍子胥的掌握下，已經變成什麼樣子了，其實我也不認識了啊。」

「喔。」

不過，就在我與劍僮談快慢二劍之時，忽然，范蠡用力從炕上跳了下來，他伸了一個大大的懶腰。

「不管他們了啦，他們動不動手都不重要了，」范蠡咧嘴笑，「現在最重要的是，咱們動工吧，鑄劍師！我和孫武的比試，要開始啦！」

「喔。」我看著范蠡。「我們要怎麼開始？」

「要請你先鑄一把劍。」

「什麼劍？」

「一種很奇怪的劍，一種專門在水中可以自在揮動的劍！」

「一種在水中能自在揮舞的劍。」我皺眉。

「是。」

「水，水，水……」我沉思了一會，點了點頭。「我懂了。」

「你懂了？」這次換到范蠡訝異了。

「吳國之所以能成為南方新霸主，就是因為水師強悍，你想要創造出一種武器，威脅對方的水師？」

「好聰明，好聰明，聰明到讓我害怕，將來如果不幸和你對壘，我一定第一個派人暗殺你！真的！」范蠡大笑之際，他的右手一抖，一張布織成的南方地圖，映入了眼簾。

這張南方地圖縫製得是鉅細靡遺，雖然稱不上美侖美奐，但卻是精細完整，也許不是可以佈置家中的藝術品，但絕對是戰場上兩軍軍師們對決的關鍵武器。

「好精細的地圖。」

「工欲善其事，必須利其器。」范蠡得意的笑了。「這可是出自雪夫人之手，她不僅善於縫紉，地圖的縫製更堪稱一絕，你可知道？」

「我知道。」我忍不住嘆了一口氣，我當然知道小雪，還有誰比我更熟識小雪呢？

「雪夫人這南方大地圖不止一份，據說共有三份，其中一份更可能就在孫武手中，他用兵如神，縱橫大南方，這份地圖功不可沒。」

「是嗎？」

「所以，我請你鑄這把在水裡能使用的劍，」范蠡一笑，「然後我會附上一行字給孫武，告訴他我打算在什麼時機，在哪個地點，用這把劍威脅他的軍隊！」

「嗯。」

「這場神與鬼的對決，馬上就要展開了。」范蠡臉上，露出充滿期待的獰笑。「馬上就要展開了啊！」

水中劍，三日後，在我手中完成。

時程很趕，劍體雖然已經成形，但無法進行表面防鏽處理，以及劍體內部的強化，但，它已經是一把足以在水中殺敵的劍了。

劍微弧，劍鋒到劍脊角度銳利，加上我選用材質時，刻意挑選劍體密度與水相近，所以不會下沉或上浮，以利士兵使用。

坦白說，這劍若真的被大量生產，絕對會直接撼動水戰的歷史。

「我必須說，鑄劍師，」范蠡一邊揮動著這把劍，一邊讚嘆。「你真他媽的是個天才。」

「哼。」

「那我送去了。」范蠡一笑，然後將這柄水中劍用布包起，那布上更被寫上了一行字。

「初秋，須江，四千水兵，以此劍。」

「這是戰帖？」我看了那行字，完全理解范蠡的用意。

「當然，如果孫武這傢伙真的是軍神，不是縮頭烏龜神，一定會回應我。」范蠡微笑。

「一定會回我的。」

劍，在范蠡派人的巧妙運送下，放到了孫武的房內。

然後，我和劍僮等人，只能開始等待，而劍寮外那姓荊的劍客與姓曹的劍客，也開始輪流看守。

有時候是曹姓劍客，有時候是荊姓劍客，而奇妙的是，自從他們出現之後，再也沒有半個九十八劍的刺客出現。

快慢二劍的存在，說是看守我們，反而更像是保護我們。

至於，究竟是誰派他們來？或是他們自願前來？他們最後的動機到底是什麼？是否像是鋒尾劍一樣，對現在的吳國感到灰心？我們完全無從得知。

我唯一能肯定，絕對不會說謊的，是劍。

他們兩個身上，那柄快到眨眼奪命的劍，與那柄慢到能擋住天下所有攻擊的劍，都處在沉穩安靜的狀態，那並不是打算殺人的劍。

無論是劍或人，都在等。

「也許，我只是說也許，」我感慨。「他們也不希望，吳國與越國真的開戰，雖然未來的歷史上，吳與越，恐怕只能活一個。」

「嗯。」

「所以該是殺我們的這兩把劍，如今都選擇沉靜的等待。」我一笑，「當年沒白疼這兩個傢伙，給他們鑄了兩把好劍啊！」

然後，我們其實並沒有等太久，因為孫武的訊息，五日之後，就送回來了。

回來的，也是一塊布，加上一柄劍。

此劍的形狀異常，比我的水中劍還要奇特，它像是箭，但去除了羽毛，劍的弧度也適合水戰。

「這到底是劍還是箭？」范蠡皺眉。

「這也是水中『箭』，但此箭非彼劍，說是劍，它更像是箭。」我摸著這柄孫武送回來的劍，「此劍耗去五日完成，結構未強化，表面未處理，但就算如此，已經展現驚人鑄劍功力，對方肯定也有一個厲害的鑄劍師！」

「水中箭？」范蠡沉吟，然後打開了布條，上面同樣寫了一行字。

「初秋，兩百船艦，入夜，擊殺四千水兵，以此劍。」

「兩百船艦？」范蠡吸了一口氣。「我的水兵能在水中自由使用武器，怎麼會怕船艦？除非……」

「除非，孫武打算用這些劍，從船上直接射下，直接擊殺你在水裡的兵？」劍僮突然開口。

「小女孩，很聰明喔。」范蠡咬了咬牙。「如此一來，我的兵力減弱，加上初秋天氣微冷，只要拖到夜晚，我的兵就會失溫而危險了！」

「這孫武好厲害。」劍僮摸著那水中箭，「還有這鑄劍師也厲害，五天欸，就想出這種宛如劍鏢的鑄法。」

「對，這鑄劍師是天才。」我沉吟。「但我印象中，吳國雖然是劍的王國，但鑄劍師多半墨守成規，吳國有這樣的鑄劍師嗎？」

忽然，劍僮開口了。「師父，我好像猜得出這鑄劍師是誰？」

「嗯？」我轉頭看向劍僮，這女孩的臉，怎麼突然閃過一絲緋紅？

「劍的鑄法充滿創意，又適合於戰場，」劍僮臉上的緋紅已然褪去。「這樣的人，師父我們兩個見過一面啊？您忘了嗎？」

「啊，妳是說……甘將？」我一愣，「對，這鑄法看起來有些類似秦國的鑄法，只是，他怎麼會替孫武鑄劍？還有，這些日子以來，這甘將似乎又融合了其他門派的鑄劍方式，他的成長果然驚人！」

「嗯。」

「劍僮妳的眼力不錯喔，比我還快識破鑄劍師的身分？」我一笑，「妳怎麼看出來的？」

「我，其實沒有看出什麼破綻，」劍僮囁嚅了一下，臉上那一閃而過的緋紅又再度出現了。「我只是有一種預感，這應該是他鑄的劍。」

「喔，預感？」我摸了一下這柄水中箭，「又是女人的預感？」

「差不多啦。」劍僮不承認也不否認，「但唯一比師父厲害的，大概就這個吧，女人的預感。」

「嗯。」我摸著水中箭，回想起我曾經見過的甘將。

這個甘將的確是一個奇才，完全將箭的方式融入劍中，而且以往的箭為了滿足飛行距離，所以必須綴上羽毛，但這些羽毛一旦入水，立刻成為水中的阻礙，反而讓箭的威力完全失效。

如今，將箭換成了劍之後，不但擁有劍的重量、威力，更加上了箭的飛行距離，這樣的武器一旦由水面射入了水底，絕對會成為絕殺水兵的恐怖武器。

這樣的兵器，范蠡要如何對應呢？

我把眼神看向了范蠡，這個同樣被喻為戰場上天才的軍鬼，正瞪著攤在地上的南方地圖，陷入長長的思考中。

一日後，范蠡果然提出來了武器概念，這提議好大膽，換我沉思了一日。

因為，這小子竟然要對軍艦動手，用的還是水戰從未聽聞的攻法……火攻！

「我要火攻。」范蠡比著須江地圖上那些被當作軍艦的小石頭。「從來沒有人想過會在水戰中啟動火攻，所以肯定沒有任何的防火設備，所以我要火攻。」

「火攻？難。」我搖頭。「很難……」

「鑄劍師，以您的能耐，肯定沒問題的。」

我沉思了。

入秋，天氣已涼，如何用火？火又如何與鑄劍扯上關係？這題目也太無理取鬧了吧？

但，我內心卻隱隱被挑動著，當年要殺南方第一高手吳王僚，又何嘗不是一個無理取鬧？魚腸，不就是這樣誕生的嗎？

五日後，我將一個奇怪的圓形金屬，交給了范蠡。

「這是什麼？」

「這是火殼劍。」我淡淡的說，「當然，名字是我自己取的。」

「啊？」

「外層的劍材，我用非常抗火保溫的材質，但若用力摔擲，外層就會裂開，露出裡面一個燒得火燙的鐵。」我慢慢的說著，「那個火燙的鐵一碰到木質的船，肯定會燒起來。」

「所以……」范蠡眼睛一亮，「因為外殼保溫，所以可以讓水兵帶到水中，只要朝著船扔擲，外殼一裂開，裡面滾燙的鐵塊跳出，船立刻被燒起。」

「是。」

「你真是天才啊，鑄劍師。」范蠡驚喜。「這樣的武器，不必一定要丟到船上，只要朝著船殼一扔，船殼破了，船就會沉了！」

當天，范蠡把這火殼劍，連同戰書，一起送給了孫武，距離上次收信，已經過了九天。

而這一次，孫武回信的時間拉長了，十一天後，他才回信。

寄來的，是一件衣服。

材質極輕，貼身而製，而且衣上可以掛著好幾種武器，高明的是，不只衣服，所有的武器材質都很輕。

「這是什麼？送戰服給我？」范蠡又沉思了。

「這是可以在水裡穿的衣服，」我沉吟。「對方顯然也要下水和你搏鬥了。」

「因為船艦無法破解火殼劍，所以孫武選擇直接下水擊殺我的部隊了嗎？」范蠡咯咯的笑著。「我們完全封鎖對方的軍艦了，只是我們有水中劍，對方下水和我們硬拚，有勝算嗎？」

「我不知道。」我搖頭。「這水衣上掛的劍，雖然很輕，但似乎不是為了水而鑄造？」

「不是為了水鑄造？」

「是，」我肯定的說，「這是陸上的劍，架構，材質，弧度，都指明了這是陸上的劍。」

「所以孫武放棄水戰，想把戰局拉回陸地？」

「從劍上來看，是這樣沒錯。」

「但他又特別製作了特殊的劍衣……」范蠡沉吟，眼中精光閃閃，「他想要做什麼？他想要做什麼？難道……他想要沿著須江，把我軍的基地找出來嗎？」

殺不了水兵，就乾脆滅了水兵的家？這戰略，夠狠。

擁有了水中劍和火殼劍的范蠡水兵雖強，但終究必須回到陸地上的基地，因為人並不是魚，必須在基地內休息，孫武決定放棄與范蠡爭奪水中的贏家，並不是真的放棄，而是直接要抓范蠡的要害，基地。

這劍衣可以讓士兵在水中輕易移動，如果孫武這群士兵以突襲的姿態，攻入范蠡的基地，范蠡的基地肯定崩潰，就算擁有再強的武器和兵馬，也變成無家可歸的孤軍，毫無威脅力。

「高明，高明。」范蠡喃喃自語。「基地提供士兵們休息，但防禦往往是最弱的，若要強化防禦，我必須將士兵都調回基地，如此我就會失去攻擊船艦的兵力，孫武這招，逼得我進退維谷，動彈不得，還真高明。」

「這招帶著絕的味道？你。」我看著范蠡。「還有招嗎？」

「那你有招嗎？」范蠡苦笑。「鑄劍師。」

「我不過是一個鑄劍師。」我聳肩。「我又不是軍鬼或是軍神，這問題不該問我。」

「基地脆弱，易被敵人攻破，要解決這問題，第一個是要讓敵人找不到基地，第二個就是要讓敵人找到基地也無法攻破……」范蠡吸了一口氣，喃喃自語著。「第一種方法可將基地藏得更遠，但會失去基地可以提供休息的作用；第二個是將兵馬調回基地，但也會讓我軍攻擊力減弱，這不是死棋嗎？」

只是，就在范蠡皺眉沉思之際，劍僮忽然開口了。

「基地，這種東西真的有必要嗎？」

范蠡瞪了劍僮一眼，彷彿見到了一個白癡。

「基地，是所有軍法的根本，無論哪種兵法，都仰賴著基地啟動攻擊，因為軍隊必須離開國家去打仗，基地就像是他們臨時搭建的家，基地的架設方式有很多種，上風、背水，與敵人基地的遠近等等……基地的設置方式關係著後續的兵法攻擊！」范蠡像是在說教科書般，唸了一大串話。

「所以呢？」劍僮哼的一聲，打斷了范蠡。

「所以，這些方法我懂，孫武一定更懂，我無論如何藏匿基地，肯定都會被他發現！」

「所以我才問，基地這東西真的有必要存在嗎？」劍僮完全無懼范蠡輕視的眼神，直直的與他對望。

「怎麼可能不用？基地是戰術的根本！我們學習兵法，就從學習基地的架設開始……」

「它是戰術的根本？」劍僮輕笑了一聲，定定的看著范蠡。「也有人說，劍刃和劍柄是劍的根本，但，在我師父的火殼劍上，你有看到這兩個東西嗎？」

「妳……」

「我一直以為，」劍僮的語氣越來越冷，「軍鬼之名，是因為他用兵如鬼，而所謂的鬼道，就是不受常理限制，范蠡啊范蠡，看樣子你頂多只能稱為軍師？軍將？或者說，其實只是一個普通的軍人？你要稱鬼，不夠格啦！」

「妳！妳！」范蠡瞪著劍僮，不怒反笑。「女孩，女孩啊，妳在激我嗎？」

「我何必激你？我又不是軍鬼？我又不必承擔越國被滅國的責任。」劍僮說話越來越犀利。

天啊，她的說話語氣怎麼那麼熟悉，長年和我相處，果然給了她壞影響嗎？

只見范蠡睜大眼睛，瞪著劍僮，許久許久都不說話，忽然，他笑了。

「小劍僮，告訴我，妳的名字。」

「為什麼要和你說？」

「因為我發現妳的潛力不下於妳師父。」范蠡冷笑，「若未來在戰場上與妳軍對戰，肯定會先派人暗殺妳，還是妳怕了，不敢和我說？」

「說就說，誰怕你？」劍僮回瞪著范蠡。「我叫莫邪。」

「莫邪？莫邪？」范蠡默默唸了兩遍，「好，我會記住這名字，但如今……我答應妳，我想出一個不用基地的戰法，等著吧！莫邪！驕傲的女孩！」

我們把劍與布包送出的時候，已經過了十三天。

前九天，都是范蠡在沉思，然後他拿了一張圖給我，我看了圖，笑了一下。

「這次，讓我徒兒試試吧。」我將圖遞給了劍僮。「畢竟，整個構想，是從她那邊出來的。」

聽到我這樣說後，劍僮先是露出驚喜的表情之後，但在接過了那圖，她表情瞬間驟變，看向了我。

「如果是我，」我淡淡一笑，「用最輕的劍材，配上簡單的支架，也許可行。」

「啊，我懂了，謝謝師父！」

那張圖上繪的，是一張休息的床，然後床扛在士兵的背上。

范蠡果然瘋狂，尤其當他放下基地的執著之後，當他放下傳統對軍法的執著之後，更展現如同鬼一般的瘋狂。

他，不只不要了基地，他打算將基地建在每個人的身上，如果每個人身上都有行軍床，就可以隨時休憩，沒有了一個共通的基地，孫武有再驚人的兵力和水衣，又要攻擊哪裡？

「兵到處亂散，沒有基地，那統帥要怎麼分配工作？」劍僮看了圖一會，提出了她的下一個問題。

「厲害。」范蠡拿出了另一張圖，「所以我需要能準確傳達命令的工具，我想，劍應該能達到……」

「如何達到？」

「聲音。」范蠡一笑，「你們在隕鐵山上，用聲音驅逐了山海經的畢奇，如果用聲音，你們應該可以傳達我的命令。」

「聲音啊？」劍僮的眼神再次看向我，而我這次不再下任何的指示，只是聳了聳肩，淡然一笑。

這一笑，是在告訴劍僮，現在妳才是鑄劍師，而身為師父的我，相信妳，一定能想出最好的答案。

用劍，用我們最熟悉且得意的劍。

「我會創造出幾種聲音，我命名為『劍鈴』，也許無法下很複雜的命令，但每種聲音肯定都會……」劍僮吸了一口氣。「響徹山林！」

「那就好。」范蠡豎起拇指。「小女孩，希望妳的鑄劍功力，最好像妳的嘴巴一樣厲害啊！」

「哼，你等著看吧！臭范蠡！」劍僮扮了一個鬼臉。

然後，就在接到戰帖後的十五天，劍僮製作出極簡單床雛形與劍鈴，然後一起送去給了孫武。

然後，我們開始等待。

詭異神祕的軍鬼出招了，那威震天下的軍神，會如何回應呢？

孫武的回應在十七天後，只是他回應的方式，卻著著實實的讓我們吃了一驚。

「十七天了。」劍僮顯得有些焦躁，「我們的劍送出去已經十七天了，孫武都沒回應？」

「何必這樣緊張？」我擦拭著手上的鑄劍工具，同時，打開了一塊布，布上畫的，是專為隕鐵設計的劍圖。

這塊鐵，震驚這時代，這把劍，肯定也能震動這個時代吧！

「師父，你知道……面對孫武與范蠡對決，這樣驚天動地的事情，竟然是由我來設計武器，其實我好緊張，」劍僮吐了吐舌頭，再度讓人想起她原本是一個可愛的年輕女孩。

「雙方攻防從水底打到了水上，再由水上攻入了陸地，接著陸地上的基地化整為零，再度逆回水上。」我研究著面前的劍圖。「這戰役，其實已經接近尾聲了。」

「真的嗎？」

「勝負，」我淡淡一笑，「大概就在最近這一次了吧！」

只是，我才剛說完，忽然，我聽到了劍的竊竊私語。

不，這已經不是竊竊私語了，這聲音，這些劍的聲音，已經像是在嘶吼了。

帶著驚恐與敬意，發狂的嘶吼著！

「怎麼？」群劍亂響，連劍僮都察覺到了。「師父，這是怎麼回事？」

「……」我閉著嘴巴，將自己的注意力，放到了門外荊姓與曹姓兩大劍客的劍上。

劍寮中有著各式各樣的破劍斷劍，無論這裡有多少劍，都比不上門外那兩把劍，一把天下第一快，一把天下第一慢，更混入了少量足以改變歷史的隕鐵，到底發生了什麼事？就看這兩把劍的反應。

這兩把劍，也在竊竊私語，只是它們沒有那麼驚惶，更沒有那麼恐懼，而且，它們沒有離鞘。

讓群劍如此驚恐，又沒有快慢雙劍離鞘，表示來者，恐怖且強大，但又屬於九十八劍的一方？

「劍僮，范蠡，請準備。」我聲音低沉，不容人質疑。

「嗯？」范蠡眼睛瞇起。

「來了。」我看著門外，全神戒備。

「誰來了？」

「還有誰？」

「還有誰？難道是……」范蠡好聰明，瞬間懂了，然後笑了。「軍神，孫武親自駕臨了嗎！」

這個吳國，除了孫武本尊，還有誰能讓群劍震動？還有誰能讓快慢雙劍不離鞘下，完全折服？

此刻，軍神，孫武，親自駕臨。

第十一劍，戌之劍。

子時，月圓，南方山巔。

話說，我和劍僮歷經百里長行，歷經隕鐵九十八劍驚險暗殺，終於到了軍鬼范蠡之處，並且參與了這場不見血，只鬥智鬥巧的『神鬼交鋒』，只是當比試到了第三場，正當范蠡終於突破了自身極限，設計出驚人鬼謀之際……

門外，劍鳴大作，因為那個人親臨了。

縱橫戰場數十餘年，未嘗一敗，讓吳國登上南方霸主之位的男人，親臨了。

軍神，孫武。

就要與范蠡和鑄劍師們，直接面對面了。

門推開，一個老人出現。

個子不算高，相貌不算英挺，走在市集裡頭，會讓人以為是賣雞或賣菜的一個老人，出現在門外。

外貌極度平凡，但只要看到他的眼神，是的，就是他的眼神。

這些平凡庸俗的印象，瞬間都會被他宛如地獄熊熊燃燒，足以吞噬天地的狂浪眼神給吞噬。

而在孫武身後，一個高挑英挺，宛如一把銳利劍的年輕男子，也跟著現身。

甘將？

果然是他，能用水箭和水衣與我抗衡的傢伙，果然是這個潛力無窮，又充滿野心和欲望的小子。

「孫武？」范蠡從鑄劍的炕上跳下，語氣努力保持著輕鬆。「久仰大名啊，孫武！」

「你就是范蠡？」孫武側著頭，端詳著范蠡。

「我是。」范蠡雖然始終是一副囂張的模樣，但唯獨碰到孫武，口氣卻變謙卑而尊敬，像是小老弟遇到了老前輩。

「兵法和創意都過關了，那來試試武藝吧！」孫武臉上皺紋移動，露出一個宛如頑童的笑，然後孫武的劍，拔出來了。

他出劍了。

這一秒鐘，我的眼睛大睜。

因為再也沒有比直接看見劍客使劍，更能感受到劍的魅力，更能感受到這名劍客的個性，尤其是，當這名劍客是軍神的時候。

但，這把劍太令我訝異了。

這把劍，不殘，無論是材質、形狀，甚至是設計的每個角落，都訴說著一件事，一件讓我訝異的事。

這劍，很平凡。

就像是一個即將遠行的人，想買劍防身，但身上銀兩沒帶夠，於是隨意在山邊小店裡面，買了一把便宜的劍。

劍很便宜，所以除了劍的形態以外，其餘全部都很平凡，甚至有點粗製濫造。

但這樣的劍，竟然會是軍神的劍？這樣的劍，竟然會是縱橫南方數十年未嘗一敗的孫武的劍？

「這真的是他的劍？」這一剎那，我腦海閃過這樣的念頭，而我旁邊，則響起一個聲音，那是甘將的聲音。

「鑄劍師父，那真的是他的劍，」甘將注視著孫武的劍，「而且這把劍跟了他數十年，南征，北討，擊殺上百猛將，奪下上百城池，締造驚人功業，這，的確就是軍神的劍。」

「此劍老舊且粗糙，如何耐住如此多的戰役而不折？」

「鑄劍師父，」甘將看著我，聳了聳肩，然後搖頭。「我也不懂，真的不懂。」

「是嗎？」一股擔心情緒，從內心油然而生，因為老劍的對手可不是普通的角色，它是殘劍。

那是我特別為了范蠡設計，專門折斷天下百兵的……殘劍。

殘劍其實並不殘，殘劍的劍刃上面，被我設計了許多大小不一的凹槽，每個凹槽都存在一種奇妙的角度，無論敵方的劍來自什麼方向，都會剛好卡進一個專屬的槽。

當對方的劍陷入了殘劍的槽，這時候，范蠡只要將手上的殘劍輕輕一轉，崩的一聲，對方的劍，就斷了。

當然，這必須配上范蠡驚人的眼力與武藝，才能透過殘劍的凹槽，瞬間捕捉到對方疾穿而來的劍。

然後，再透過范蠡多年苦練的手臂力量，扭動手上的劍，但只要這些要件湊齊了，任你是哪來的神兵，只要是刀劍，都不會是殘劍的對手。

當年越國山谷，那個持短劍，一人誅殺百名將士的男人，明明已經到了人劍合一的境界，最後還是沒能從殘劍下活著走過，可見殘劍與范蠡的合作威力之強。

坦白說，當初我替范蠡設計這柄劍時，靈感是來自他的笑容。

此人的笑，充滿渲染力，那是一種他笑了，你也會跟著笑的一種古怪魅力。

但若仔細觀察，你會發現他明亮的笑容中，藏著一股讓人膽寒的黑暗，那是一種擅長詭計，佈滿鬼謀，讓人一踩下去，就全面崩潰的惡意。

表面光明善良的笑容下，竟是冰冷與惡意，一如范蠡的兵法。

處處充滿陷阱，步步都是詭雷，也讓他獲得了軍鬼的稱號。

這樣處處都是詭計的人，正好配上處處都是陷阱的劍，也就是殘劍。

要打造這柄殘劍，著著實實耗去了我一整年的時間，因為劍上充滿了各種凹槽，會大大減弱劍本身的強度，但一柄脆弱的劍，又如何能折斷敵人的劍？

所以這柄劍用上了最堅固的材料，但這樣的材料往往帶了另外一個缺陷，那就是重量。

不過這個問題，卻被范蠡給克服了。

苦練，苦練，再苦練，范蠡不只克服了重量，更將這柄殘劍練得是舉重若輕，隨心所欲，也讓他戰場上軍鬼的傳說，往上推了一層樓。

然後，這柄傳說中的殘劍，終於將對上戰場上另外一個傳說。

軍神。

拿著平凡不堪老劍的軍神，孫武。

老劍。

孫武很強。

不只是兵法而已，而是他真的很強。

因為一炷香的時間過去，孫武的老劍，竟然還沒被殘劍給折斷。

老劍並未隱藏任何祕密，未折斷的原因只有一個，那就是殘劍縱然兇悍，但就是抓不住老劍。

范蠡的劍，施展了一次又一次驚人而精采的攻防，試圖要捕捉這柄蒼老虛弱的老劍，但卻一劍也捉不到，是的，一劍也捉不到。

而且不但沒抓到老劍，范蠡身上，更隨著時間，新的傷口不斷遞增。

「孫武很厲害。」甘將雙手負在後面，「能為此人鑄造兵器，是鑄劍師畢生的榮耀。」

「嗯。」我看了甘將一眼，「你甘家的根基不是在秦國嗎？怎麼會來這裡？」

「我來挖角。」

「喔？」

「秦王雄才大略，想要得盡天下英雄，於是我來找孫武。」甘將一笑，「也許是天運，我留在這裡的時間，剛好碰到范蠡送來了那把水中劍。」

「喔。」

「鑄劍師父，我必須說，那水中劍鑄得真好啊。」甘將閉上眼，彷彿在享受著一杯美酒在舌尖的餘韻。「那絲毫不滯怠的劍脊弧線，自然能順水而舞，這樣的兵器一入了水，肯定會成為所有敵兵的惡夢。」

「你的水中箭也不錯啊。」

「呵呵，那是受到你劍的影響，逼出了我的潛力，」甘將笑著說。「當時孫武聽了我的建議，用了水中箭，而之後……我又看到了火殼劍，我簡直要瘋掉，真是太厲害了！」

「嗯，你的水劍衣也不錯。」我點頭。

「我知道，這幾次下來，你的作品將我不斷逼出了潛力，讓我不斷突破自己。」甘將說到這，「更讓我明白，原來劍不只是劍，更不是劍，我像是徒弟般，受到師父的教導……」

「你這樣說，我可不敢當。」我看著甘將，心裡暗暗嘆氣，這男子的天分高得嚇人啊，只靠這樣的隔空交手，就可以吸取設計對方劍的養分而成長，只盼他將來能走正路，別辜負了他一身驚人的鑄劍天分。

「不過，有件事我不明白了。」

「嗯？」

「那第三把劍，嗯，那劍床，還有那劍鈴……」

「劍床與劍鈴怎麼？」這時，劍僮忍不住湊了上來，畢竟這兩把劍，實則出自她手。

「實在不像師父您的作品。」甘將搔了搔頭，滿臉困惑。「但說不像，又沒有那麼不像，感覺是同樣出自一個天分極高的人之手，而且具備您的風格，但又說不上，似乎又不像您的作品。」

「喔。」我看了劍僮一眼，她秀臉上滿是得意，看樣子是因為那句「天分極高」，打中了她的心吧！

「我不懂，您為何會有這樣的改變？」甘將又抓了抓頭髮。

「很簡單。」我慢慢的說著，「因為第三次的劍，並不是我鑄的。」

「啊？」甘將眼睛大睜，「但這兩劍鑄劍師的才華洋溢，除了你和我，還有人可以鑄出這樣的劍？」

「鑄這兩劍的人，就在我的旁邊。」我淡淡一笑，眼睛看向了劍僮。

「是妳？」甘將看向了劍僮，而劍僮的臉，頓時紅透了。

兩個人，目光交會，然後同時撇開。

而我看著他們兩個，突然有種奇怪的感覺，這兩人，將來的緣分可能不只如此，在我離開這個世界後，他們肯定還會交手，肯定會用鑄劍工藝，繼續糾纏數十年，甚至更久，更久……

兩個天才鑄劍師，誕生在同一個年代，甚至是年紀相近，實在太過稀奇了，肯定背負了某個重大無比的天命，或是打造出一對名流千古的劍吧！

不過，就在甘將和劍僮兩人沉默之際，一個低沉的交擊聲，將我們直接拉回了現實。

交擊聲？所以劍與劍，交擊了？

專門毀滅所有武器的殘劍，與最不堪一擊的老劍，兩劍交擊了？

是否代表著，勝負就要分出來了？

老劍很老，一如孫武的年紀，他打造了吳國的傳奇，讓吳國從一個南方的蠻荒之邦，屢敗南方第一大國楚國，創造了南方傳奇。

而老劍之所以不敗，絕對不是因為劍很強，而是它充滿了智慧。

殘劍不斷施展各種陷阱，各種誘敵的詭計，但就是騙不到老劍，老劍在殘劍之中穿梭，一次又一次在范蠡身上造成創傷。

只是范蠡也是一個高明的兵法家，事事預留餘地，一個詭計後面層層疊疊還有數十個詭計，所以孫武的老劍雖然佔盡了優勢，但卻始終取不下范蠡的性命。

「年輕人，你的劍，就像是你的兵法。」孫武沉穩的說，「大膽，勇猛，詭計重重。」

「老先生，你的劍，也像你的兵法。」范蠡用手臂擦去臉上的血，又是那個看似光明其實黑暗的笑。「深思熟慮，算無遺策，完美無缺。」

「我們比了超過四百劍了吧？」劍影中，孫武保持著冷靜。「你身上的血，也快耗盡你的體力了吧？」

「事實上，共四百零四劍，我佈下四百零四種不同陷阱，但卻一個都沒有騙到你，反而換了我身上三十餘個傷口，孫武，你厲害，你真的厲害！」范蠡笑，「不過，我不認為世界上有完美的兵法。」

「嗯。」

「世界上不存在完美這東西，」范蠡笑，這次的笑容真誠，但卻也充滿了霸氣。「而我追求的是缺陷。」

「嗯。」

「我要用我最擅長的缺陷，讓你完美的兵法，」范蠡眼睛放出奇異光芒，放聲狂吼，「全面崩潰。」

說完，殘劍出，化作一道鋒利絕倫的光，直插向孫武。

而一旁觀戰的我，則微微一愣，因為殘劍雖強，但卻以誘敵為主，如今范蠡選擇了主動攻擊，是險招。

但，更險的招數，還在後面。

當孫武再次展現完美兵法，老劍迴旋，驚險避開了殘劍的猛攻，范蠡竟然手一鬆。

殘劍陡然射出。

這一射，夾著猛烈氣勁，化成一股猛烈的銀色火焰，直奔向了孫武。

「兵器都不要了，生死一搏嗎？」孫武保持著冷靜，手腕一轉，老劍撞上了殘劍。

錚！雙兵交鋒，也就是這聲金屬撞擊聲，吸引了我和甘將等人的注意。

只見殘劍化成一條冷光，直射向孫武，而孫武表情不變，只是運起巧勁，以老劍的劍脊輕輕撥了殘劍一下，殘劍偏轉，就這樣擦過了孫武的耳畔。

殘劍一過，接下來，就輪到孫武的反擊了。

而且這次他的對象，已經沒有劍了，范蠡，已經沒有殘劍了。

「好個孫武，好一個完美兵法！」范蠡雙手已空，只是眼睜睜的看著孫武手上老劍，化成一條雲間蒼龍，帶著輕盈的蜿蜒，竄向自己的胸口。

所有人都驚呼，都以為這場神與鬼的血戰勝負已定，都以為鬼終究敵不過神之際……

除了我。

是的，除了我。

我用自己才聽得到的聲音，輕輕的說了。

「沒想到，你膽子這麼大，范蠡。」我吸了一口氣。「你的陷阱一層接著一層，但沒想到你最後一個陷阱，竟然是你自己。」

是你自己啊。

老劍，折了。

折了，老劍。

折在范蠡的雙手中，當雙手五指被劍扎得滿是鮮血，范蠡放聲嘶吼，雙手用力，老劍竟然應聲斷裂。

老劍折碎，讓始終冷靜的孫武微微一愣，而這比眨眼更短的時間，更給了范蠡唯一一個反擊的機會。

滿身是血的他，猛力揮拳，朝著孫武臉揮了過去。

孫武臉微微側開，拳頭擦過，一條血痕隨即在孫武臉上湧現。

「中了。」范蠡大笑。「我……」

只是范蠡的這聲我，還沒說完，兩股冷風，就這樣從門外急速吹來，速度之快，驚世駭俗，而這兩股冷風，其實是兩把劍，一快一慢的兩把驚世之劍！

然後，這兩把劍，一快一慢的雙劍，就這樣抵住了范蠡的脖子。

不用說，這兩把劍當然是九十八劍中的曹姓與荊姓劍客，更是九十八劍中最具殺傷力的二人。

只是他們驚人的武學完全沒有派上用場，因為范蠡揮了這拳之後，就已經氣力耗盡，只見他仰頭一倒，就此昏迷。

范蠡倒下，現場頓時回復了靜默，而所有人的眼睛都忍不住看向了孫武。

這個老人，這個曾經在戰場上創下無數傳說的老人，用手掌一抹臉上的血痕，看著自己的掌心內殷紅的血跡，他嘴角慢慢的，慢慢的揚了起來。

「我曾許下心願。」孫武語氣低沉，「誰能破我老劍，誰就能接掌這春秋戰國的戰爭大權，也就是我該退休之時了。」

「孫將軍！」聽到孫武這樣說，快慢雙劍同聲開口，但孫武卻手一揮，阻止了快慢雙劍的說話。

「老夫縱橫戰場數十載，天文地理人心，事事算無遺策，但這一次，倒是漏算了啊。」孫武看著手上的血，「數十年前，曾經有一個百夫長，也讓老夫感到內心激動，只可惜，他終究還是逃了，也許已經死了。」

眾人依舊無聲，看著孫武，因為全部的人都感受得到，孫武身上散發的，一股沉靜與肅敬的氣氛。

「如今這個姓范的小子，又更高明了，被我重傷至此，仍用自己的身體做陷阱，捕獲了我的老劍，如果我的老劍再年輕十歲，斷掉的就不是我的劍，而是他的十根指頭了，這小子，到底說他太敢賭博？還是太傻呢？」孫武說到這，臉上的笑容仍不斷的往外泛開。「未來，這傢伙也許會想出更可怕的戰術來滅亡吳國吧！」

「女色，嗯，應該是女色戰術，呵呵，嗯，不過，這些都不關我的事了。」孫武說到這，閉上眼，完全的笑開了。「真的，都不關我的事了。」

這些，真的都不關我的事了。

這句話一出，所有人同時震動，而荊姓劍客和曹姓劍客更同時跪下。

「你們兩柄劍，將來好好傳給子嗣。」孫武看著兩人。「這兩柄劍能將快與慢兩種速度，發揮到極致，是難得的寶物。」

「孫將軍……」

「孫將軍……」這兩名劍客語氣低沉，表情哀戚，他們已然明白，孫將軍退意已絕。

當老劍折斷之時，就是孫將軍退役之時，這把老劍，的確也累了，若是十年前，范蠡的險招破不了孫武的老劍，但十年後的今天，老劍，的確累了。

一如，孫武的心情，累了。

只見，他彎下身子，一片片撿起老劍的殘骸，然後小心翼翼的用布包起。

「這柄老劍，你們說它平凡，說它破舊，其實都對，」孫武眼神移向了遠方，「你們可知道，我為何要用這把老劍？」

「為什麼？」聽到孫武這樣說，我和甘將同時聚精會神，因為孫武的老劍，的確是現場所有鑄劍師內心最大的謎團。

「呵呵，這祕密我從沒和人說過，就在今天和大家說了吧，我雖然被人稱為軍神，但我第一次上戰場的時候，可是怕得不得了，尤其看到我的夥伴的頭顱被斬斷，鮮血噴滿了我全身，我逃了。」

「逃了？」眾人面面相覷。「你當了逃兵？」

原來孫武當過逃兵？而且，孫武為什麼要說這些事？是因為他退意已決，所以要說出自己的故事了嗎？

「是啊，我趁著夜晚，逃了。」孫武說到這，露出像小孩般調皮的笑。「沒想到，我也會逃兵吧？我逃到了一個深山的村莊裡，裡面有一個年輕女子收留了我。」

「我在村莊中躲了一個月，與此女子相愛，甚至歡好，也因為這女子的鼓舞，讓我回到了戰場，在臨行前，女子急忙出門，然後不知道去哪買了一把劍給我。」孫武笑，淡淡的笑，這樣的笑容裡面，沒有看到軍神的霸氣，戰場的滄桑，只有好濃的溫柔。

「於是我就帶了這把劍，回到了戰場，一戰接著一戰，我未曾換劍，轉眼間，數十個年頭過去，劍沒斷，但我回到村莊時，那村莊卻已經不見，而我再也找不到那女孩了。」

「啊？」眾人感受到孫武的落寞，同時垂下了眼神。

倒是我，突然想到了什麼，蹲下身子，撿起了老劍一塊碎片，從碎片來看，這老劍不只老，鑄工也很稚嫩，材質用得也相當普通，但卻洋溢著一股奇異的感覺，一股熱情，難道，這是初劍？

第一鎚下得粗糙，收鎚也凌亂，但卻充滿了一股無法言喻的熱情，是第一次鑄劍的人，因為受到感動，拚命打造出來的劍。

這樣的劍，有個名字，叫做初劍。

這樣一柄初劍爛劍，竟能陪孫武走過數十個年頭，可見……他是多麼多麼珍惜這把劍，多麼珍惜那個月的點點滴滴。

只是，這把初劍……我感到自己的心跳，正在加快！

而我耳中，是孫武的故事，仍繼續著。

「怎麼找都找不到喔，後來有人說，那村莊被一支逃竄的軍隊佔據，裡面的村民都被殺光，更有人說，村莊因為大水而無法住人，於是全村搬離，你們知道，這個亂世，這個該死的亂世，真的什麼都有可能發生……」孫武閉上了眼，「而我只能不斷的找尋，然後在找尋的過程中，我好像得到了什麼軍神的屁稱號，然後越來越多挑戰者，我不介意，直到，這柄水中劍出現……」

「嗯。」

「這個范蠡的兵法與我完全相反，但又相似得可怕，只是我走正軌，他行偏鋒，未來的世道越來越亂，也許該是他的天下了，而我真的該退休了。」

「孫將軍……」曹姓劍客與荊姓劍客低頭。

「我要走了，快慢二劍啊，你們別為難這些人，」孫武慢慢脫下了一身軍服，正正方方的折好，露出了他老人消瘦的身軀，「這次，我終於可以安心的，認真的找那個女孩了，你們知道嗎？我走的那個晚上，那女孩送我劍的那個晚上，女孩說，等我回來，有個一個祕密要和我說……」

「嗯？」

「好幾十年了啊，」孫武閉上了眼，深深閉上了眼，「那個祕密到底是什麼呢？到底是什麼呢？」

那祕密是什麼呢？孫武生命最痛苦巨大的遺憾，竟源自生命中最美好的一個月，如今，他真的要踏上了最後的旅程，要去尋找這一切的答案。

他，要退休了。

軍神要走了。

只是，就在他轉身離去之際，突然，我喊住了他。

「請等等，孫武。」我開口。「子時，月圓，南方山巔。」

子時，月圓，南方山巔。

「子時，月圓，南方山巔，」我摸著老劍碎片，一股奇妙的感覺，湧上了心頭，順口說了這句話。

「啊？」孫武一震，「啊，你，你怎麼知道？」

「此劍很老，鑄工完全不純熟，簡直就亂打一通，但卻隱約可見一股強韌熱情被鑄入劍中，因為當時的鑄劍師，不，當時那個小孩不到十歲，連鑄劍師都稱不上，但他聽了那女子激劍的故事，鼓起勇氣，替那女子打了一柄劍。」我摸著老劍，「這是初劍，每個鑄劍師受到感動與激勵時，所打造出的第一把劍，就叫初劍。」

「初劍……」孫武目光炯炯，「難道當時，您就在那村莊……」

「人生際遇，不過就是巧合兩字啊。」我笑了，「那女子對那小孩說著，她的深情，與她的恐懼，深情是因為愛上一個陌生男子，而恐懼則是害怕那男子即將踏上戰場，但她知道這是亂世的宿命，男子若不踏上戰場，就必須終生逃亡，所以她想要送一把劍給那男子，只是……當時太過匆忙，劍寮的鑄劍師不在，於是深受感動的那小孩，替她打造了這把劍。」

「嗯，深情，與，恐懼嗎？」孫武閉上眼，數十年前的景象，仍歷歷在目啊。

遠行前的那個晚上，月光下那女孩的表情，就是這樣深情，也這樣對未來充滿了恐懼。

「嗯。」然後，我伸出了手指，往北方比去，「而那個村莊，是不是被屠村？是不是舉村遷移？是不是從此消失？我不知道，但我知道，那女子，在北方。」

「在北方？」孫武眼神熱烈起來。

「對，在魯國。」我笑，「因緣際會，不過巧合兩字，那女孩，十年前的確在魯國，你或許可以從那裡找起！」

「嗯！」孫武用力吸了一口氣，然後對我深深一鞠躬，毫不遲疑的轉身就走。

「喂，孫將軍。」我再次喊了一聲。

「嗯？」

「你不問我那個祕密是什麼嗎？」我看著孫武，看著他的臉，彷彿回到了二十出頭歲般的期待。

「不用。」孫武頭也不回，推門而走。

「不用？」

「等我找到她，我再……」孫武的聲音中，帶著濃濃的期待，「自己問她。」

等我找到她，我再自己問她。

因為，我知道，我一定會找到她，我一定能找到她的。

接下來，就是後話了。

這場神與鬼的對決，這樣悄然落幕，現場所有的人都是善於保密之輩，於是消息無人傳出，只知道，從那天之後，再也沒有人聽說過軍神的消息。

有人說他去南方深山隱居，有人說他投靠了秦國，將一身驚人兵法傳授給了秦國，但只有我們知道，他去了魯國，也許在魯國就找到了那個女孩，也許沒有，他會從魯國找到新的線索，然後繼續尋找下去。

我相信他會找到，不只是因為他是孫武，而是他是一個等了那女孩等了數十年的孫武。數十年的等待，數十年的癡情，早已超越了兵法的範疇。

而范蠡醒後，知道孫武離開，有些悵然，他一直說著，「真是的，真是的，我沒有贏啊，如果真的在戰場上，我的兵馬早就死光了，頂多就是傷了他一些兵而已，他幹嘛就這樣退走？他是怕被我打敗吧？可惡，這樣鬼就不算贏過了神啊！」

雖然范蠡一直唸著，但我從他揮舞殘劍的聲音聽起來，猜到他其實很滿足。因為他與軍神狠狠地戰了一場，而且，他還傷到了軍神，這樣就夠了。

未來，也許范蠡會像孫武所說，找一個美女誘惑吳王，然後顛覆整個吳國，但我想，孫武看不到了，或者說，他也不在意了。

我們一行人，離開吳國的時候，沒有被九十八劍騷擾，也許是因為曹姓劍客和荊姓劍客沿路護送的關係，那一快一慢的劍氣，始終圍繞著我們，而且是不帶殺氣的圍繞著我們。

而甘將，則一路陪我們走出吳國，雖然我覺得他早就可以告辭離開，畢竟回秦國的路與我們的路完全不順，但他還是堅持要陪我們一起走。

他說，他很崇拜我的鑄劍手法，希望能夠多學學。

但我壓根就覺得這根本就是一個屁。

他的目的，是劍僮才對。

但我沒有多加干涉，因為我一直覺得，甘將是一個道地的天才，但，也許是因為身處於鑄劍名家甘家的關係，從小他的武器就被應用在戰場上，所以他手段太狠，太不擇手段，若以劍來說，他會是一把鋒利絕倫但是太容易傷人的劍。

而劍僮呢？聰明而固執的她，也是一個鑄劍天才，但太過溫柔的她，往往會太過顧及求劍者的心情，而影響了她對劍的判斷，她如果是一把劍，會是一把絕世好劍，但卻不願意開鋒，只因不想傷人。

如果太過鋒利的甘將，配上了不願意鋒利的劍僮，也許，這兩人當真能創造出一個超乎想像的鑄劍傳說，也不一定啊！

所以，我雖然討厭甘將不斷湊近劍僮的樣子，但我決定不加干涉，至少，我察覺到……劍僮並不會討厭這樣的甘將。

之後，也就是這趟秋行的最後一件事，那是劍僮在離開吳國國境前，問我的最後一件事。

「師父，我一直在想，孫武將軍的女孩，她臨行前要和孫武講的祕密是什麼？」劍僮歪著頭，這些日子，她變漂亮了。

小小的動作中，越來越多的細膩的女人味。

「妳為什麼問我？」

「因為女孩最後一個晚上，是向你邀劍，我猜，你會知道祕密的答案。」劍僮看著我。

「是的，我知道。」

「那是什麼？」

「女人的好奇心真是太強烈了。」我淡淡的笑了，「其實這祕密也沒有什麼……不過是一個名字而已。」

「名字？」

我閉上了眼，回想起那個月光下，空氣中充滿了哀傷、期待，與勇氣的晚上，然後，我開口了。

「她說，離別的晚上，和她第一次遇到孫武的晚上一樣，月光都很迷人。」我慢慢的說著，「所以她打算替她和孫武的孩子取一個月字旁的名，叫做臏。」

「臏……」劍僮先是一愣，隨即雙手摀住了嘴巴，「所以，那女孩懷孕了？」

「是。」

「孫臏，孫臏。」劍僮慢慢的唸著這兩個字，像是在品嚐數十年前的那個晚上，那種深情與哀傷的氣味。「臏字解開，是月下突如其來的賓客，講的就是孫武吧？」

「嗯。」

「孫臏，」劍僮忽然睜大眼睛，「師父，這小孩會不會也是一個軍事天才？」

「呵呵，我怎麼知道？」我看了劍僮一眼，「這又是女人的預感嗎？」

「是啊。」劍僮笑。「這次肯定就是女人的預感啊。」

是不是女人的預感我不知道，但我唯一確信的是，當孫武找到了那女孩，重認了自己的小孩，那一定會是一幕很溫馨的畫面。

一定會是一幕，很溫馨的畫面吧！

第十二劍，亥之劍。

小孩的護身劍，是為定越，那蒼生的護身劍呢？

秋行回來之後，時間轉眼就經過了半年。

這半年內，我不接任何一把劍的邀約，我將所有的委託，都移給了劍僮。

一方面她已經成長到獨當一面，剛好讓她磨練磨練，另一方面，我則需要更長的時間沉思。

因為，關於那隕鐵的劍，所有的工具都已經備齊了。

接下來，只需要最後一個步驟，同時也是最艱難，最容易一步錯全盤錯的關鍵步驟，那就是，鑄劍。

鑄出一把，能符合隕鐵命運的劍。

所以，我需要沉思，沉思如何打造出這柄劍，然後就這樣過去了大半年，看著隕鐵，看著一整組的鑄劍工具，我就這樣沉思了大半年。

而我的苦思，直到某日，有個男人來邀劍為止，突然有了轉機。

當時，我仍在劍寮後面的房間，而我聽到了有人走進了劍寮的大廳，然後對劍僮說話。

「我要鑄一把劍，那種給小孩的護身符，嗯，這小孩是我家的老二囉，是男生啦，剛出生，屬龍，我想鑄一把劍祈福他健康平安。」那男人說話有些囉唆，但洋溢著一種當父親的喜悅。

「你要鑄造的，是護身符嗎？是定越嗎？」劍僮問。

「對對，就是定越。」男人笑聲傳來，「我個人覺得，所謂的好劍，應該是保護而不是殺戮喔。」

「嗯？」

「像是定越就是好劍啊，能保護一個小孩的護身符，叫做定越。」那男人的語調沉穩而緩慢，字字清楚，傳到了房間內我的耳中。「不知道有沒有一種劍，可以保護蒼生，當蒼生的護身符？」

不知道有沒有劍，可以保護蒼生，當蒼生的護身符？

聽到這裡，我身體猛然一顫。

「客人，您究竟在說什麼？」劍僮語氣提高。

「沒有啦。」那客人笑，「我只是突發奇想而已，如果有人能打造出一把專殺昏君，決定未來子孫命運的劍，那就好了，不過那把劍不該是殺人之劍，而是……蒼生的定越！」

「客人！」劍僮聲音提高了，「請不要胡言亂語，還有，您叫什麼名字，等劍好了，我再找人給您送上。」

「我的名字？」那男人聲音帶著一種調皮的笑意，「我的名字在這個時代有些奇怪，我叫萊恩。」

萊恩？坐在內堂的我，忽然笑了，然後我的鎚子慢慢舉了起來。

蒼生的定越嗎？

那就來試試看吧！

開始，第一下。

然後，第二下。

接著，第三下。

每一下，都浮現一張臉龐，源自過往生命中，曾向我邀劍的那些人。

一下。

那是抱著自己小孩，焦急求著護身符的母親的臉龐，那小孩好像叫做李牧？

一下。

那個抱著斷劍，表情哀戚，深深思念丈夫的女子。

一下。

逃亡了數十年的老人，他舉起手上的劍，露出詫異表情。「你認為，這是我的機會？」

「是，」我堅定的看著他，「而且是你，唯一，的機會。」

一下。

老友徐奕的笑容在火光中出現。

「老友啊。」徐奕緊緊握住我的手，笑得好開懷，笑得好釋懷。「你中計了，中我的計了，你終於要再一次為天下蒼生鑄劍了。」

一下。

那是一個對著火焰垂淚的女子，她正喃喃的重複著一句話。

「所謂的鑄劍師，是從鑄錯一把劍而開始的。」

一下。

這次是兩把一模一樣的劍，正在彼此交鋒，然後兩張長得完全不像，卻有同樣炙熱眼神的男子。

「青蛙。」「阿龍。」兩個男子同時開口了，「下次，不要被我抓到了。」「下次，不要再讓我逃了。」

一下。

涼涼的秋天天空下，我看見了小雪的笑。

他用力擁抱我，「放心，我沒有後悔，為了這件衣服，為了畢生所愛，我沒有後悔。」

一下。

這次，是一個老人，他曾經威震八方，但此刻的表情平穩而慈祥。

他正走在魯國熱鬧的街上，表情溫和，手臂上，挽著另一個老婆婆，他們兩人慢慢的走著，彷彿已經相守了一輩子。

彷彿已經等待了對方，整整一輩子。

一下。

這裡有九十八雙眼睛，這些眼睛都我記得，尤其是他們眼神映在劍上的樣子，曾經如此熱情的眼睛。

「那段歲月真是美好。」九十八雙眼睛都在訴說著同一件事。「那個夜晚，為了拯救吳國，我們被緊急召集，是你替我們打造了九十八劍，所以，我們在等你，我們一直都在等你，鑄劍師。」

我們的鑄劍師。

一下。

這次出現的是一個穿墨色長服的老人，就是他教了我鑄劍，就是他教了我武藝，就是他老用各種手法整我，但卻從不吝惜的指導了我一切。

「兩鍛劍，真是一種令人喜愛，又令人討厭的劍啊，」那老人笑，「不是嗎？笨徒弟。」

一下。

這次是一個男子，他腰間繫著一把形狀奇怪的殘劍，他正在鄉間慢行，然後在一個溪邊浣紗的女子旁邊停了下來。

「妳……」男子的眼神在這一剎那，變得好熱切。「妳，妳叫什麼名字？」

「啊，我是西施，」浣紗的女子起身，好美，好乾淨的容顏，而女子的眼中，竟也迸裂出如同那男子的熱情。「您是？」

「我……」男子臉紅了，「我是范……」

一下。

我再次見到了那女孩，我從吳國逃出來以後，是她找到我，是的，只有她能找到我。

在那個精疲力竭的夜晚，朦朧中，我彷彿看到了她的笑，以及她令我永遠難忘的聲音。

「我想到好辦法了，鑄劍師父，」她笑著說，眼眶含淚。「一個不會害到你，又不會傷害我姊姊的辦法。」

我想到好辦法了……

一下。

這次是一個年輕人，他相貌堂堂，一身大將之氣，更重要的，他也是一個鑄劍天才。

他正在鑄劍，他的爐子冒出我從未看過的藍綠光芒，他找到了什麼材料？要鑄出什麼劍？

然後男子的旁邊站了一個女子，這女子我很熟，因為我從小看她長大，她轉過頭，堅挺的面部線條，讓人同時感受到她不只是美女，更是一個性格堅毅的美女。

而這個美女的肚子微凸，似乎有了身孕。

「這兩把劍，」美女微微一笑，「就叫做甘將，與莫邪吧？」

「不用妳師父的名字嗎？」鑄劍天才轉頭微笑。「自從他死後，妳不是老是念著他嗎？」

「以我對他的了解，他啊，一點都不喜歡名字被取在劍上。」女孩笑得好甜。「因為他很奇怪，真的很奇怪喔。」

「呵呵，雖然說奇怪，但妳一定很想念他吧？」

「很想念啊。」女子語氣悠長，語氣充滿懷念。「如果師父還在就好了，就好了。」

如果師父還在就好了，就好了啊。

一下。

就是這一下，火光迸裂，而我終於看到了他。

他的出現，讓我鬆了一口氣，因為我就怕這次的鑄劍，他不會出現。

他身形瘦長，精悍且強壯，但他擁有我見過，最溫柔的眼神。

他全身溼淋，從河裡面走了出來，手裡提著一串東西，對我笑著。

「師父，這次我抓了不少。」那男子笑得好令我懷念。「我們晚上，有很多……烤魚可以吃了。」

「這次，我們不用想怎麼把劍藏到魚裡面了。」我也笑。「我們專心來吃魚吧，專諸。」
「早該如此啊，師父。」專諸也笑了，「我們早該如此了啦。」
我喜歡他此刻輕鬆自在的笑，遠勝過，他下決心拿下吳王僚性命時的那種堅毅表情。
好好來烤魚吧，我們。
最後，真的是最後一下了。
我的手微微鬆了。
然後，我唯一確信的是，我是笑著，笑著鬆開了我鑄劍的鎚子。

後來，這把隕鐵的劍也成了傳奇。
成為傳奇的原因之一，是因為除了劍僮、甘將，以及少數人以外，沒有人看得到劍。
有人說，這把劍該叫做承影。
沒有影子的劍，是刺客劍中之最。
而這把劍中之最，只能殺帝王之最。
這把劍一直沒有派上用場，直到數百年之後，有一個刺客，聽說還是九十八人中荊姓劍客的後代，他將這把透明的劍，藏到了一卷地圖中。
他非拿此劍不可，因為，他要行刺的人，已經統一了大半個中國，已經快要把楚國、吳國、越國、晉國這些國家全都併吞，創造有史以來最巨大的帝國。

這個帝王，不只強悍而已，更重要的是他殘暴而專制。

如果不是承影這種透明的劍，他走不進大廳，因為那裡嚴禁武器，何況是劍。

因為承影是透明的，所以這個姓荊的刺客，才能拿著我鑄的這把劍，走上了巨大但空蕩的殿堂，面對殿堂上那獨一無二的帝王。

他的行刺故事，是刺客列傳的最後一篇章，更是春秋戰國最後的謝幕。

關於這次行刺，有一段話，沒有被史冊記錄下來。

「其實，我早就聽過這把劍。」帝王昂著頭，對著刺客，霸氣的笑。「而我，早就在等這把劍。」

「嗯？」

「曾經有一個鑄劍師，為了蒼生鑄出最完美的刺客之劍，此劍無形無影，故稱承影，只有遇到最尊貴的帝王，此劍才會現蹤。」帝王笑，「這個長達數百年的亂世裡，還有誰能比我更強大？比我更尊貴？所以，我知道，這把劍遲早會在我面前出現。」

「最尊貴的帝王，遇到最強的刺客之劍，那你認命了嗎？」刺客這樣回問帝王。

「我認命嗎？這問題不該問我。」帝王大笑。

「嗯？」

「該問的是，你手上這把劍。」

「喔？」

「史上最強的刺客之劍，也許可以殺我，但我真的該殺嗎？」帝王目光炯炯，「殺了我，天下重新回歸大亂，真的對蒼生比較好嗎？真的對天下有好處嗎？」

「……」刺客無法回答這問題。

但，劍卻已經自己回答了這個問題。

春秋，戰國，這個長達數百年，從未停止征戰，從未讓妻子停止哭泣，從未讓母親停止擔憂子女，從未讓兄弟停止殘殺，的亂世。

結束了。

在大秦元年。

而那個帝王，也在史冊上留下了大大的名字，叫做秦始皇。

那把劍，理應刺中秦始皇的頭顱，但它卻在瞬間歪斜，刺中了一根柱子上，當劍完全沒入柱子，微微顫動的劍柄上，一個男子的聲音迴盪著。

「有沒有一種劍，是為了保護蒼生而鑄，是蒼生的定越？」

所以這一刻，承影做出了選擇，它要結束。

結束這個長達百年，讓妻子悲傷，讓母親擔憂，讓兄弟殺戮，讓許多人流眼淚的亂世。

我早就說過，它不是殺人劍，它是定越，它是保護蒼生的劍。

然後，是最後的尾聲。

土，不斷被挖著，挖著。

然後，當全部的土都被挖開，由下往上看去時，露出了一大片燦藍色的天空。

劍，似乎聽到了一個聲音。

「出土了！出土了！」那聲音興奮到幾乎用嘶吼的，「快通知雷博士，快通知小黃，找到這兩把劍了。」

被找到了？

「找到傳說中最神奇的雙劍了。」那聲音幾乎等於尖叫，「甘將和莫邪，出土了啊！」

甘將與莫邪雙劍的傳說，即將登場。

劍的傳說，從古至今，從未結束。

也許，那是另外一個故事，就取名為《雙劍傳說》吧。

二〇一二年九月二十四日 鑄劍師，初稿完成。
如果寫作的歷程中真有所謂的夙願？我很幸運的是，我完成了其中一個。

（完）

鑄劍師

SWORDSMITH

Div
作品09

國家圖書館出版品預行編目資料

鑄劍師. vol.1, / Div著. -- 初版. --臺北市
: 春天出版國際文化有限公司,2013.08
面 ; 公分. -- (Div作品 ; 9)
ISBN 978-986-6000-74-4(平裝)

857.9　　　　102013186

作者・Div
繪圖・HIROSHI 寬
封面設計・克里斯
排版・三石設計
總編輯・莊宜勳
編輯・黃郁潔

出版者・春天出版國際文化有限公司
地址・台北市信義路四段458號3樓
電話・02-7718-0898
傳眞・02-7718-2388
E－mail・frank.spring@msa.hinet.net
網址・http://www.bookspring.com.tw
部落格・http://blog.pixnet.net/bookspring
郵政帳號・19705538
戶名・春天出版國際文化有限公司
法律顧問・蕭顯忠律師事務所
出版日期・二〇一三年八月初版
定價・260元

總經銷・楨德圖書事業有限公司
地址・新北市新店區復興路45號3樓
電話・02-2219-2839
傳眞・02-8667-2510
香港總代理・一代匯集
地址・九龍旺角塘尾道64號 龍駒企業大廈10 B&D室
電話・852-2783-8102
傳眞・852-2396-0050

ISBN 978-986-6000-74-4
Printed in Taiwan